葵生川玲詩集

Aoikawa Rei

新・日本現代詩文庫

127

土曜美術社出版販売

新・日本現代詩文庫　127　葵生川玲詩集　目次

詩篇

詩篇

詩集『ないないづくしの詩』（一九七五年）抄

Ⅰ

ほどほどの人生

この国は
なんでも過激はいけないことになっているから
男は素直に従うことに決めた

そうだ　過激は疲れる
なにごとも過度はいけない
ほどほどは楽なことに違いないと思ったのだ

男は　まず糞真面目はやめて
ほどほどに　働き
ほどほどの　残業をした
すると
ほどほどの　給料が貰え
ほどほどの　アパートに住み
ほどほどでない　家賃を払うことができた

時間も　ほどほどにできたから
ほどほどに　同僚とも付合い
麻雀は　ほどほどに勝ち負けて
ほどほどに　酒を飲み崩れることもなく
歌を唄い　ほどほどに破目を外し
ほどほどに　酔ったふりして世辞を言い
それでも
クダマキ主任に絡まれ　ほとほと困り
ほどほどにせいよ
と腹の中で思うのだ

夫婦仲も　ほどほどで
ほどほどに　セックスをして
ほどほどの　ところで作った子供
体重は　ほどほどの重さだった
それから
ほどほどに　慌てたり嬉しがったり
おまけに
涙まで流してみたら
ほどほどに　「幸福」が感じられた

新聞・テレビは　ほどほどに視る
○×をつけながら

それでも
ほどほどの　怒りが湧いてくるから
他人と議論することもある　ほどほどに

ムキになる奴は
身の程知らねえ奴だと
軽蔑の眼で視る

男は
ほどほどに　教養とやらを身につけ
ほどほどに　他人の陰口を叩き
ほどほどに　自分を売込み
ほどほどの　失敗をするが
これは愛嬌のうち
顔だけは　ほどほどではない
と常々思っているのだ

集会などには
後の方から　ほどほどにせいよ
と思いながら参加し
時には

大決心のほどをヒラつかせて
過激派の真似をする
ほどほどの　危険を楽しむためだ

なにごとにも
ほどほどのところで生きた男は
ある日
ポックリ死んだのだが

ほどほどの年齢だったかどうか

葬儀と香典と参列者のくやみが
ほどほど　だったのは言うまでもない
ロールス・ロイスでなく
国産の霊柩車で運ばれた男は
ほどほどの　時間で燃え尽きた

ほどほどに　悲しい顔をして
男の妻は箸《はし》でつかみ取る
ほどほどの　大きさのお骨

その他大勢の立ち並ぶ
過密で窮屈な墓石の下で
男は
ホッ　と吐息をもらした

ほどほどは　こんなに狭かった
ほどほどの人生は　こんなに小さかった
ほどほどの人生は　この国にとって
ほどよい　枠組みの人生だった
と

ほとほと　男は思い知ったのだった

ないないづくしの詩

餓鬼の時から
俺の廻りはないないづくし
欲しがりません勝つまでは！
祖父はとうに負け死んで
親父も負け続け病んで
俺も負け続け
ないことに馴れたふり　して
ないないバーをする

風吹かないから病葉動かない
演歌つまらないから聞かない
学歴ないから零細企業で給料少ない
責任ないから面白くない

女いないのでなく
来ないから結婚しない
大きなことできないから言わない
運転できないのでなく
金ないから車買えない
悪いこといけないからやらない

それじゃまったく取得ない
できそこないで面白くない
仕方ない仕様がないので繰返す
涙のルフラン涙の系譜
それでもあきもせず
逆立ちして
ないないバーをするんだ

嘘

1　政治家

数え切れぬほど
嘘を積みあげ
嘘の階段を登って来た男が
ある日曜日の朝
また　さりげなく嘘を重ねた。

三度重ねると真実になる
それが
男の人生訓だ。

大胆と言うか　えげつなく
大声で表情豊かと言おうか　恥かしげもなくつく

顔面神経痛になるほどの
拒否反応は
確かな事実

国中の川で
魚たちが眼をむき
しきりにセキをする

2　集会

テレビは悟った顔で
公園の集会を映し
主催者側発表二五万人
警視庁調べ 一〇万人
だ

と言う。

いつもそうだ。
これは不思議だ。

算数でも暗算でもわからない。
一五万人が行方不明。

公園の地下に潜ったか
煤煙の空に吸われたか
はたまた　集会から抜け出し
盛り場でパチンコでもしているか
赤エンピツで馬選びをしているか

一五万人が行方不明。

黙殺に馴れた　僕にも
この数字の欠落は実に気味悪い。

高等数学?

なるほど　高等数学を使いこなすのが
政治と言うものか。

これは大量死の背後にある思想だ。
ブラウン管からはみ出して
長い長いデモの列が続き
その欠落の思想を埋めている。

背番号論

1
5902924 4 5
この番号は何だと思いますか
5353543 3 8

この番号は？
７４３６５２２６５
ではこの番号は？

区役所から郵送されてきて始めて知った
家族の背番号なのです
最初のが僕
次のが妻
最後のが一歳の息子

区役所は整理番号と言っていますが
一体何を整理するのでしょうか
人間を種類分けするのでしょうか
例えば
ランクＡ・Ｂとか
色分類とかするのでしょうか

いまコンピューターは
フル回転で記憶しています
番号ヅレの考えている
小生意気な思想や性癖
学歴や特技
宗教や職業
病歴や家庭環境
その他もろもろのデーター

２
地球一九××年
多分　僕は生きているでしょう
平均寿命とやらによれば

そして　顔写真と番号のついたカードを
持って歩くことになるでしょう
大事そうに

妻も息子もそうなるでしょう
他の人もすべて

カードが無ければ外に出られないのです
無いものすべてが
犯罪者と見なされるのだから

コンピューターの許可が出ない者に

人口が増え過ぎ間引くときも
手間はかかりません
戦争が始まっても
もう逃げ隠れはできません
抹消するのは
機能だけで生きているコンピューター
抹消されそうな者は
せっせと巨大な機械を磨いて
ご機嫌を取らなければ生き残れないでしょう

勿論のこと
カードを考え出した者らは
特例番号カードを持って何処へでも
フリーパスだ

Ⅱ

死体清掃人

Ⅰ
東京郊外。
空軍基地の奥深く

緑の木立に囲まれた野戦病院の地下室。
アルコールと薬用クレゾールの臭いが
充満する部屋の長椅子。

右隣りに坐っている男を知らない。
左隣りに坐っている男を知らない。

厚い壁と防音装置の上から
ギャラクシーの、ファントムの金属音が
忍び込んでくる、かぶさってくる。

Ⅱ

鉄の扉がもったいをつけて開き
看護婦たちが
車付きの寝台から無造作に包みを台の上に移して
出て行く　と
男たちは無言で立ちあがる。
そのあとが与えられた仕事だった。

Ⅲ

白い布を開くと動かぬ肉塊がある。
関係《かかわり》のない死臭を漂わせ
まるで
轢殺された犬ほどに嫌悪のない
プンプン死が臭っている。

Ⅳ

デルタの黄泥を毛穴につまらせ
肉塊は
噛んでいる
血染めのドス黒い土。
瞬間に突伏したか
鼻腔のなかまでも。
肋骨と飛ばされたか心臓がない。
ポッカリ欠落した傷口。
行き場を断たれ停っている黒い血。
暑い陽からさえぎられた白い部分に

生活があった。
認識番号を吊り下げた跡が
くっきり残り
下にうずくまるもの
独立した生き物のように動きそうな陰毛と
これにつらなる
偉大な国家への忠誠。
国家
部下が
家族が
サイゴンの娼婦がどう埋めていく。
カービン銃をあてた肩が
引金を引いた指が
反応のない青白さで横たわっている。
死を与え、与えられることを

誰の命令で
誰に命じたのか。

ポッカリと欠落したところに
脱脂綿をつめてフタをする。

アルコールを浸み込ませた布で
こすり落す血泥。
すると
赤みを帯びたように感じもするのだが
この男には戻っては来ないのだな
コーヒーを飲むことも
女を買うことも。

黄色い手で清潔に。
この男の希望だったかどうか
棺に入れられ葬られる。

と
終るのだ
この作業は。

V
来る時と同じ車に乗せられ
街に放り出されるころ
夜が白々とあける。
男たちとは無言で別れた。

早朝喫茶の扉を押して
深々と腰を下ろすと大きな伸びをする。
新聞から
血生臭いニュースが無遠慮に
飛び込んでくる
押し入ってくる
やっと
嘔吐を催しそうになった。

いたばし・夕暮

環状七号線が中仙道と交わる
陸橋の上から
望遠レンズの眼のように
歩道橋は幾重にも連なり
左右に高速道路工事の黄色のだんだらが散在する
このあたり
歩道橋を
昇って歩いて降りる
子供と女学生の群れのなか
背を丸めた男がいた

俺は信号待ちの間
視線を送り続けていた

排気ガスと工場煤煙のなか
ゆらゆら落ち込む夕陽があって
気だるい疲労に支配され
時たまホッと肩を落とすのを見てしまった

夕餉の食卓に
秋刀魚が白い眼をむいているか
と
生甲斐とは違う想いを抱くのもこのせいか
密封した夢のこちら側
ひっつめ髪の女房が
あなた
じゃなく
パパと呼び始める日がくるのではないか
と
不器用な一日を費消してしまった実感にさいなまれるのだ

小荷物

通勤帰りの人群れから
たったひとりになってアパートに着いた

階段の登り口に角の押し潰れた
小荷物が置かれてあった
ダンボール箱には
梨と玉葱とじゃがいもが入っていた

もう　初雪は降ったろうか
人前で馬鈴薯と呼ばなくなって
もう八年になってしまった
記憶の奥で玉葱が熱いものを誘ったようだ

梨を噛んだ
田舎を呑んだ
じわっと胃の方に沈んで行った
欠けた部分に血が滲んでいた

Ⅲ

花商人

花の意味について
長い時間考えていると
僕らは
花たちの仲間でないことが
よくわかってくる

そこで
花たちの仲間だと思い込んでいる者たちへ
僕は
花の球根を掘り出して
これは
心　と言うものですと言って
売りに行く

詩集『冬の棘』（一九七九年）抄

I

男の顔

何か
を失ったと思いながら
僕はまたロッカーの扉を開ける

朝のまま
吊り下げられた僕がいる
ハンガーの形のまま固くなって
ノロノロ袖を通し

ふと　顔を挙げる

汚れた鏡の中に顔が見える
疲労に落窪んだ男の顔が見える
ああ　これが僕の顔か

想えば　顔
顔を忘れ易くなって随分となる
これが僕の　顔

亀戸天神から商店街を
列の顔に紛れ駅に向って歩く
見分けられぬ一つの顔になって
僕はホッと息をつく

板橋区富士見町十二番地十三号　永井方
富士が見えなくなった町の間借り住人

都営地下鉄板橋本町駅
の階段を登り、馴染みの顔の流れから外れる
と
やっと
終ったなと思う

だが　僕は
そのあと見事に
自分の顔に戻ることができるようになった

台地など

屋根について
いたばしく　にしだい

台地の崖に貼り付いて
その分だけ背伸びしている
現代瓦の低い屋根
　　　　　　の下の
　　　　　　　　狭い一間
で賄なわれ過ぎて行く日々
にも慣れて
白い鉄柵の内
青い実を落してしまった柿の若木の緑
伸び過ぎた山東菜が葉の先を黄色くしている
花壇

忘れるほど回を積んだ
公営住宅申込み
の
先
に視える

超高層高島平団地
建築中の中台ニュータウンの鉄の骨組み
上下《うえした》に
右《みぎ》
左《ひだり》
にそっくりに並んでいて
ほとんどが宙に浮いている生活《くらし》
天井があっても屋根のない建物

台地について

慣れの日々を身に貼り付けて
夕陽に染まる台地のキャベツ畑を歩く
不安な感触の足裏に
落ち込みそうなローム層の黒土がある

ここにも　直線の
都市計画道路が地層に深く切れ込んでいて
辿ってしまう想いがある

僕らの祖先は
台地の上から生きることを始めたのだ

時折、拾い集める土器片の焼焦げや縄文に
軽い感傷をよせて
すぐに帰ってくるのだ
緑の信仰が売られる場所へ

通過する人について

必要なものは
くるくる廻る回転板だから
緑など求めて

汗を浮べ
ペダルを踏み長い坂を幾つも登り下る
街道を逃がれたトラックが
苦もなく
西徳第二公園の植林樹と崖に残る雑木の林を抜けて行く
そのたびに
オナガが鋭い啼き声で梢を飛ぶ
僕も
この台地を通過する者のひとりに過ぎない。

機上の客

轟音をけたててトライスターは首を持ち上げる。

計器の夥しく並んだコックピットでパイロットは忙しく電子頭脳を働かせている。

数百の座席が整然と並びこれまた整然と安全ベルトを締めあげた乗客が座席の中にうずくまる。

数万の部品で組み立てられた機械の巨大構造とパイロットにひたすら身を任せるしかない温和な乗客がいる。

翼を広げた飛翔の為の機械は噴煙を吐き雲を断ち切って飛び続ける《作られた習性故に》
安全ベルトの乗客の限定された安全の哀しさは
《慣らされた習性》
それでも行為の愛と言う形を運び愛と言う言葉を書き連ねたエアメールを運ぶ　だから中途半端な愛は不安で一杯だ。
既に過去に属する哀しみを繰返す言葉によって生き返らせている数人の喪服の乗客をも同じ空間に

閉じ込めている。
同じことである機上の客となったときから共有することになった結末は　眼をつむりあるいは週刊誌のグラビアを見る深層に巣喰っているのは機能を停止した機械のことである電子頭脳の狂った時のパイロットのことである時間は密室の中で平穏を装っている。

鮮やかな青で連続する海と　東の方から湧いている雲列島の海岸線は半弓のようにしなって続いている。

島に関するノート

1

反返って弓状に迫り出して列島を形成する4つの島と
それに付随する小さな島々の海岸線は既に角張り始めて久しい
コンクリートと吐瀉物とビルディングの下を掘返した土砂類で固められて輪廓は四角い
空間そのものも四角いのだ
なめらかに外洋は凪いでいるのに4つの島を隔てる海峡は落差にわなないている
往き復る渦と潮流の律動が列島の総体を洗っている　自浄の行為をかけて。

2

二昔前から、わが国の国土庁は全国総合開発計画に先立ち、地図の色彩を変更したのを未だに発表していない
平野部は灰色、山岳部は緑、どちらかに近付くにつれて濃度をあげる、すなわち実態に即してと言

うわけのことだが――

灰色の濃い部分から悪い臭いが夥しく立ち昇り、
住む人間にまで染みつきこびり付いている
また、信じられない程の柔らかいマクシール付き
ゴムタイヤに轢き殺される人間が年間一万人、傷
つけられる人間が六〇万人、その他の動物数万頭
と言うわけで、人間は緑の部分に向けて移動を開
始しているが、これはほとんど無駄なあがきのよ
うだ
「ディスカバー・いなか」の標語の効果について
総理府統計局は論評をさけている

それでも、闘いの日を結び繋ぐ生物の存在を目撃
する瞬間に、古典的な革命家の顔をして僕の記憶
は緑の濃い北方のふるさとに還って行く、往きつ
戻りつの残春の生命を僅かに持って

北の国には冬の厳しい時に行かなければならない
……決意を腐敗させないために。

3

この島々の歪みを支えている地図上の均衡、僅か
に失策が露見し、片寄ったまま鎮座する人工の渚、
たとえ生物の棲息が確認されても偉大な実験など
とふれまわるな、老人のスマイルに馴れてしまっ
たのか謹厳居士の出現を望む論調がマスコミでは
支配的になっているが、僕はもう簡単には賛成し
なくなっている

4

罪の側に加担した無慈悲な精神と道連れで島巡り
の旅をしよう、ディスカバー4つの島とそれに付
随する小さな幾つかの島々へ
定住の思想など棄てて、奴隷の思想なども棄てて、
旅は冷害の北へしゃっきりと
南へは八月の腐敗の季節に　できるなら旅は即物

的な南はさけて、想像力の北へ
首都にはまばゆいネオンサイン、摩天楼の反射硝子、星型のシャンデリア、メインストリートの人工灯、吹き抜ける風害の空間を飛ぶ渡り鳥、日影図の陰に棲息する餌、蟻の巣のように地下街はスカスカだ

元素記号の組合わせの複雑さに、どうにも届かない記憶、僕らはソロソロと順応を諦め始めた　四アルキル鉛の起動油（ハイオク）への別離、芳香族への離別は遅きに失した感がある
5
産れると言う報告の度に、あわてて検査官は飛んで行く、奇型を許さないために
それでも産れるものは産れ　奇型の数量は増えて、市民権は少し奇型化したかも知れぬ

日赤産院の統計などは、その比喩に過ぎない
セーラー服の女学生の胸に突き立っている赤い羽根への嫌悪、家鶏に対するヒューマニズム？　フェザーで顔を剃るファザーほどの駄ジャレで出勤前はすがしく忙しい、ママは鶏卵で目玉焼きを作っている　やっと産れた息子のために
6
朝食の最中、突然に浮かびあがってくる二大政党論の矛盾
アメリカ・西ドイツ・オーストラリア・ニュージーランド・英国は二大政党の国
それで語られる　選択は自由！　言論の自由、思想の自由、だが選択の自由などニワトリとチャボほどの違いもない
わが4つの島とそれに付随する小さな島々には、新右翼から新左翼まで帯からタスキまでの自由が横行している、ただ、風前の灯的にだが。

こんな自由がすべてを支配している　大企業の下
請いじめから、もうけ放題のえげつない自由、官
僚の天下りからワイロの受取り自由まで
その中で、僕らの主張する自由は色褪せ、不自由
な想いがうめいている。

7

ところで、僕の住んでいるこの場所はどこだっけ
一九七七年一月十五日の東京都板橋区西台三丁目
四〇番二五号の小さな借家の場所は。

火の詩

1

車は房総半島の先端に向けて疾走している
今年始めての海
息子と妻は疲れて眠っている
黒い巨きな建物が視えてきた
川鉄千葉製鉄所
脱煙口から舌がチロチロ暗い大気を舐めている
視ていると肉体が緊ばり
フッ　と意識が遠のいて行った
それは
ひどく懐しい想いへ繋《つな》がっていたはずなのに

2

粥の中に大根の葉や馬鈴薯を刻み込んだ夕飯のあ
と二重窓の内からピンネシリやラクダ山の山稜を
くっきり浮きあがらせて落ちて行く夕陽を視てい
た　空がいつまでも染まったままなのだ。外に出
てみると「人石《じんせき》」が燃えていた。

3

牡丹雪がキラッキラッと視界の中で反転し地界に
到達するまでぼんやり眺めていた。中学校前の道

は雪に埋まり雪を踏み抜いてときおり石炭を満載した馬橇が通った。鈴をシャンシャンと鳴らし白い息を吐き長い首を縦に振りながら行くのが教室に坐っていてもよく視えた。

4

一九五三年、町中を噂が渦巻き通り抜けるときオヤジが呟いた。

「戦争が終ったしなあ」戦争が終ると「人石」の火が何故消えるのか僕にはよく解らなかったが、まもなく本当に火が消え夕暮のときなど町外れの台地は不気味な黒い建物の形容《かたち》をみせていた。だが学校帰りの子供らの格好の遊び場になった。夕暮にはタンポポが黄色の帯を作る引込線の堤に長い影を並べて家路につくのだった。

5

帰省の度毎に、僕は赤錆びた鉄路を伝って行った。風に鳴るひしゃげたトタン、鉄骨だけの倉庫、雑草の繁茂した炭殻山の幾つもの脹らみ、廃墟の壁に照り映える眩しい夕陽。理由の解らぬ感動に立尽した日もあった。

6

友人から送られてきた郷土誌が
僕に新しい事実を知らせた

いまも
「人石」の火が燃えている　と

その火に囚われ続けてきた僕は
必ず視なければと思った。

そして
川鉄千葉製鉄所の第一次設備炉となった火を
いま目前にしている

この火は一体何なのだろう

問う視線を強めて凝視《みつめ》ている
想いの中で燃える火のようには
心を暖めない
肉体を熱くしてはこない
ああ　何ということだ

すべてのものを溶解してしまおうとする形相で聳
え立っている
巨大な資本の舌で威嚇する

「人造石油工場」

言葉が驕りの総称になって
鋭く突き刺ってくる
心はぬるぬるな血の色に染まってくる

僕は再び車を走らせた
息子と妻はまだ眠り続けている。

＊　戦時中、石油不足を補うため、北海道で産出する石炭から人造石油を生産した北海道人造石油会社滝川事業所の設備は、一九五三年、川鉄千葉製鉄所の第一次工事設備となり現在も使用されているとのことである。

レモン戦争

炎上するレモンを視た。
あくまで炎の色で

死に赴く
レモンの顔も視た。
艀に満載され

蒟蒻色の海を渡り
埋め戻されるための黒い穴に。

振り返る
と　腐敗の季節をひとつ越えた
朝
の事件だった。

《レモン戦争》

朝刊の隅の小さな囲み記事にも
いめえじ過多の言葉があって
言葉は
埋め戻された、あのレモンに根を持っている。
歯の疼く
記憶の視界の中で

僕は
酸っぱい関係を想定する。
歴史書には
阿片戦争
胡椒戦争
が　あったと簡単に記録されている。

あるいは　日の常が
交通戦争
護美《ごみ》戦争
の　渦中にあるのを否定しないが。

この〈戦争〉と言う奴。
いつの時でも
利害の接点に火花を散らすものだ。
熱い感情を　さらに炎上させて
事は始まり

冷たい結論を　ついには導くものだ。
〈政治的結着〉とか
〈答申〉〈認可〉〈取引〉の道筋を通って。

紅茶の爽快さに浮くスライスに
異物を探ってしまう
朝の舌。

眼は　遠く
炎上するレモンの木を視ている。
あの朝の
OPP*に固く包まれ
ワックスに磨かれて
死地に赴く美しい黄色を凝視している。

＊　OPP（オルトフェニルフェノール）カビ防止剤。

Ⅱ

一行目に〈川〉と書いた

詩の一行目に思わず〈川〉と書く
感情が怖《おび》える
のは　何故なのか

僕の内奥に流れ　音を立てているのは
〈川〉なのか
水音が呼ぶのは
〈血〉
よりも　もっと遠いものなのか

《都市TOKYOの河あるいは川の全ては死に絶

えた》
石狩川と空知川
の中洲に創られた　小都市滝川
僕に
ふるさと　などと言わせ
溺れさせているのは
置き去りにした抜殻の育《お》いたち
と貧しい青春なのか

今になって想えば
すべては通り過ぎる時の背後に在るようだ
そして
現在《いま》も　逃れられない時のなか
思わず　一行に含めてしまう迂闊さが
生きている
僕の証なのか

冬場になると山を降り
娘の家でアッシを織る
アイヌの老婆の口をついて出る
ドロガワ　と言う地名
それは　泥川　なのか
あやふやな記憶
や
徹しきれない生活
が
一つの自由の民を消し去って行く。
《この国にはまだ旧土人保護法*なんて言う法律が
生きている》
消されるものが多いのだ
とにかくこの国では

数多くの伝説
生物の名
地の名
それら生命
《都市ＴＯＫＹＯは既に固有の夥しい地名を忘れ
始めている》

＊　一九九七年のアイヌ文化振興法によって廃止された

足跡

溢れる樹林の緑。
樹林と入り組んで交わる湖水の青。
空の蒼は尖った樹林の先端に入り組んでいる。

黒々と佇《た》つ針の森林。
針林を埋めようとしている白いもの。
白いものとの接点を求めている鉛の空。

僕の撮った夏の風景に
僕がいない。
僕の撮った一葉の冬の風景に
誰かがいる。

針林の中からトリミングの外に向って
点々と。
あるいは
トリミングの外から針林の中に向って
点々と。
足跡が
風景の中を歩いている。

吹き消されることもなく
踏み散らされることもない
存在の過去形。
少しばかりの時間《とき》を経て
僕はこころのままに辿ってみることがある。
点々と。
多くのものが枯れた川岸から
本流に向って
川泥に残された
粒子の粗れた報道写真の中の足跡。

ゆるやかに蛇行して
その先で
消えている。
それは
老いた女《ひと》の入水に至る道筋。

足跡を辿る
僕のこころはたじろいだまま動けない。
老いた女《ひと》は
風景の中に溶け込んでしまっている。

忘名記

もう　忘れてしまった
おまえの名

ランナーたちが走り抜けた道を
枯渇したままの道を
やはり競いながら車が走り抜ける
橋を見上げる
想い出そうとするのに
想いは流れ去る

コンクリートの側壁に沿って
首都高速道路
連らなって車が流れる
夥しく消された名が流れる
網膜のなか
葬列のように

ふいに　水を怖れる
溢れ出して止まらない水の報復を怖れる
砂塵の舞い上る枯渇したこころが
風化しそうな意識が

だが　おまえの名
もう　忘れてしまった

幾つかの河の名で

I

区切られた地名の隅に位置して
痩せた試みを続ける。
埋められた河の面に敷きつめられる簡易舗装の道
を
歩き　歩き
そして届くために。
引摺り　捨てながら
人並みな朝から日暮れまでの時間《とき》を。
行き交《か》う人々の表情《かお》
に映る　行き交う人々の姿。

Ⅱ

小さな交叉点の角。
喫茶店「ロッジ」の
柔らかくなった朝刊を折りたたんでから
外に眼を向ける。

凝視めてくる男の肩の辺りを掠める
テール・ランプが明るい。

帰ることはない
何処にも。
そんな夜には
幾つかの河の名を辿ってみるがいい。
人生のマニュアルから取り出して。

小さく　声にして
　ぎんがわ　しゃきんがわ

記憶の河。
　とくまるがわ　ひかりがわ
消滅した河。

待っていようか
そのあとに　地表に滑り出してくる無名な
幻の河。

Ⅲ

捻れた魂の形をして
現実に絡みつく
この幻想は楽しいものではない。

水を恐れ
火のような心で
水を求め
辿ってしまう河岸に繁茂する植物群。

そこで行われる眼の分類は
哀しいのでファイルには収録されない。

無名な河に沿った無名の道を
小さな朝。
同じ速度で歩けるのだろうか
僕は。

冬の棘

痛い風を浴びて
可憐な白い花が匂いたち
垣根の濃い緑がふるえている。

眼に
不安な迎える姿勢を映して

香りは
明日より記憶に親しい。

柊《ひいらぎ》
僅かに古習俗の名残りを記す
〈新選国語辞典〉の項目に
標的を探る眼。
〈鬼を誘う花〉なのか
〈鬼を刺す棘〉なのか
明暗を抜けて煌めいている
冬。
　の
木。

ふるえの内奥を求めて
軽く触れても
届かぬ芯の優しさに

揺れるのは心の固い均衡。
ある女《ひと》。
との冬は
この木にきているのか
葉の棘に指を強く押し当てても
何故傷つかぬのか。
答えぬ
木の側に佇《た》っている
少しばかりの若さを老いた
ひとりの男。

詩集『夕陽屋』(一九八二年) 抄

夕陽屋

＊

ひとりの男が歩いている
やがて雑踏に紛れて見えなくなる。

＊

特色刷りの観光ポスターが　夕陽を木枠に嵌めて
いる国電水道橋駅の
〈いい日旅立ち〉
長いプラットホームに靴を鳴らして。

橙色の夕陽が窓の枠の中で
いまビルディングの角に掛ろうとしている。
千葉行きの電車が右眼に風を吹きつけて通過す

る。
思わず振りむく　幻想に親しくなっている眼の中に　アンカーをゆっくりと走らせる。
海までには　閉じきらぬ日の連なりが距離となって伸びている。

何処かへ戻って行く境目の時刻の選択をせかされ　怯えながら　夕陽にあぶられ透けていくような　火に近い決意でなければならないと。

眼の奥では
夕陽に向いた少年が影だけになっている。

＊

雑踏から抜け出して
男がひとり歩いてくる。

＊

すっかり昏れてしまった冬の道を歩きながら　男は火照《ほて》ったままのこころに小さく呼びかける。
〈夕陽屋〉
と。

冬日

Ⅰ

靴音。
鉄扉の軋む音。
《おかえりなさい。》
日。
は閉じられる。

Ⅱ

笑いながら泣くとか泣きながら笑うということを考えている夜更け、眼はひとり静かにテレビジョンの映像を覗いている。手を伸ばして見忘れてい

た夕刊を覗く　眼を引くゴシック活字の　飛。降。自。殺。帰らなかった人もいるのだ。デジタル数字がすばやくめくれる。今年十二人目　と読めるのは記憶が敏感なせいだ。思考が飛翔し始める。冬の日の思考は　白いひかりに晒されて薄い幾つかの筋を浮かべる。

登るだけの階段の連なりを踏みしめて登る。呼吸を整え感覚を鋭く尖らして　陽の陰の階段をジャンパーがスキーを担いで登って行く。飛ぶには翔ぶためのこころが必要なのだ。

遠くから救急車のサイレンが聞えてくる。静寂な空間を震わせて次つぎに音を発し続けている。怯えているのは誰のこころだろう。

数字に置き換えられない　出会いと別れをくり返してきた人たちの顔が浮かんでくる。人群れに微笑む表情を見る　それはとても辛い気分なのだ。

なぜ　こんなにもあわただしく撒き散らしてしまうものなのか　人生の習慣の音。繕うためにこころが動いている。

B＝2号棟。四角い塔の形で聳えるものの影にある、伸び上って行くための始点　附近には季節を忘れた花が供えられている。始発点は終着点でもあることを花弁の形をした血の飛沫が暫くの間示している。

平《たいら》を眺望できる台地への歩行は　足に負担を強いるのが耐えるのはつねにこころ。散らばる縄文土器の破片が眼に優しい。

Ⅲ
鉄扉の軋む音。
靴音。
《いってらっしゃい。》
何処へだ。
恐ろしい
朝。

鮮魚

さきほど通りかかった魚店の店先では　水をゆる
く流して　痛まぬように　むりに群れさせられた
魚《うお》の塊を解いていた。
梅雨あけまぢかの街角の午後　湿った風はひかり
に晒されて白く揺れ動き　二の腕にも当る。が、
筋力にも結ばれてある思念は　すぐに殺意にも替
わることがあるのを知る。

おぅい
途方もなく遠い処に向って叫ぶ。
ああぁ
でも　この緊張した決意も古いな。

ブルーのプラスチック容器のなかで　いっしんに
真水に馴染むことを続ける　解かれてゆるんだも
のは今度　水の塊に圧されて　でも一路鮮魚と呼
ばれることから　腐敗への痛みを臭わせて　群れ
ではなく個の単位に向いて放たれて行く。
鮮魚である現在《いま》より　ただの魚であることのほう
が。敏捷に方向転換をする　ただの魚であること
のほうが。

傾く午後のひかり　群れる人々の腕の中に抱かれ
散って行く　眼を開いたままの生命であることを
誰も止められない。

台所の硝子戸に刃物を持つ影。あるいは明るいダ
イニングキッチンの俎の上でも（同じことだそれ
は）二の腕の筋肉を固くして　出刃の背をトント
ン叩き　切る　切り離す。

息苦しい煙りにまかれて　日は昏れる。

口をぬぐいながら　お互いの笑顔の作り方にも慣
れて。

ああーぁ
悲鳴のように湧き上がり　臭いたってくるのは
僕のまだ鮮魚であるはずの。

雪　――一九八〇年一月十三日――

この日　東京は雪。
アルミサッシの窓硝子に淡い影を映して　降りし
きっている。
これは黒田さん*の雪
に違いないと　僕は思っていた。

約束の午後には
若い主婦の川西あきさんと、73歳の仁井甫さんが
降りしきる雪の中をやってきた。
妻と六歳の息子と僕の五人で　ささやかな集まり
である。

ありあわせの食卓に　ビールがつがれ
暫しの沈黙のあとで　静かに会話を交わす。
ビールの泡もグラスの縁で　寒さのなかにある。

僕のこころのなかに押しとどまっている　霊安室
の香の臭いが匂いにかわるまでの時間と、おだや
かな黒田さんの顔と　再び通夜の寒気のなかの顔
と　遺体を運ぶときの腕の重さと痺れる寒さと
揺れてみえる数多い人たちのこころと　柩のそば
の盛花と　酔いには届かない酒と。

こころに寄りそうように
雪は降りつぎ、
集まった者の途絶えがちな会話のなかに降る。
北国生まれの川西さんが雪の中を帰っていった。
雪国育ちの仁井さんも杖をついてゆっくり帰って
いった。

交わされた会話から導きだされた回想に
とりまかれて。

降りやまぬ　黒田さんの雪
の匂いに満ちた寒い部屋で
黒田さんの声のようなものを聞いている。

＊　黒田三郎さん。

花婚式

僕らの美しく飾る知恵は
どこから入手したものだろう。
男
と

女
がいて　七年目のという喜劇的でもある区切り
に　花婚式　香わしい命名の記念日。

次の朝。
男と女は
別の空を見はじめるだろう。
もっとも　空はどのようにでもなるけれど
初夏の陽を撥ねて　クルッと廻る回転板など
吉、と出るか。
兇、からも日は明日に連なっている。

けれど。
男
と
女
が少しだけ　お互いの醜くなった部分だけを認め
あうというような冗談みたいに切実な　衰えた分
だけ　お互いに優しくなって　というような男と
女であることを　歩行するのと同じ意味あいで
交わす言葉とお互いの存在の重さについて。
お互いのやりきれなさについて。
ついには　美しく飾られることがないという結論
を　目覚めさせている。

静かな川の字になって。
あるがままの彩色されない刻に浮く　花婚式の夜
から未来という　さらに美しい言葉へ引摺られる
ものがあるので。
男と女は
花から　錫《すず》への視線を途切らせないようにしてお
こうとする。

＊

終着駅

そこに来て　見上げる視線をさらって吹きぬける風の下を　新大宮バイパスが速度を上げている。急ぐ眼に　塔状の建造物が聳えて見える。〈西高島平駅〉たしかに終着駅。地下鉄の高架が視界の果てで突然に消え失せる。もう先には進めないのだ。

何があったというのだろう。眼を細めたままの思考に、ひかりを全身に浴びて行手を見守りあるいは全身を委ねて軽くなったこころを乗せている　幾つもの姿が映りつづけている。

睡魔にとりまかれて身体は眠っているのだ。銀の陽のなか車体は空を翔ぶ　はすね　にしだい　陽の芯に向いて不思議な幾つかの地名を越えていく。

暗い空洞を抜けてから　一気に一さいを解き放つ力を蓄えながら進んでいく。

微かく揺れて停止する。扉が激しく開く。ひとり取り残される。追い立てられるように新しい駅舎の固いホームを伝い　階段を降りる。視界をよぎるバイパス　の上に架けられた歩道橋を登って降りる。筋肉が動いている。登って降りるための見えている高さは確実な結末を示している。〈観念するしかない〉内部からの声に頷いてしまう。何という徒労の行為を続けなければならないのか。

漂い始めた夕暮れの薄い闇の中、画像のように四角い窓々が、外に向いてひとつまたひとつと点灯する。それらはたしかに生命のありかを示してしまう。

だが、規格製品になって、破損のない幸福な型通りの家族たちが、〈明日〉を笑顔で語り合っていなくても、〈今日〉に疲弊した者には、〈現在《いま》〉を満たしてくれる風景と、〈観念するこころ〉にまとわせる豊かそうな〈現在〉が必要なのだ。と呟いてみる。


ここには、丸ごと見通せる人々の生活《くらし》がある。ささやかに囲まれる食卓。と棘々しく毛羽だつこころを摺り合わせるベッドルーム。あるいは眠りと半覚醒の狭間に展開するフレームの中のノン・フィクションに寄り添う擬物語りの経過を追う。あるいは排泄の合間にくり返される私的な事件。それら生存にまといつく歌のようなもの。

ここには、人にとって必要でないものはまったくない。死という形さえも、さまざまの姿で開示される。だから、遠くへ。名所へ。などと歩を継ぐことはないのだ。


避雷針の鉄塔とテレビの集合アンテナ　給水塔のある場所から　遠く近く漁火のように塊り群れた火の動きが見える。

冷たく吹き当る風。車の排気音。樹々の葉のめくれる音。

窓々から洩れてくる声。ひかりになって走ってくる電車。の音。尾燈《テールランプ》と前照燈《ヘッドライト》の流れ。

金網を越え、ゆっくりと、追いつめられ　そして
〈現在《いま》〉

解き放たれたこころを　生存の歌の渦巻く火の芯

に近づけていく。

終った。のではなく、それはむしろ停滞なのだろう。夢を語り続ける者も歌を唄っていた者も病気でこころまで病んでいた者も、世界にだけ眼を向けていた者も失策を取り繕おうとしていた者も。それらの多くの停滞にとって、灯の明度を丸ごと超える陽の支配しだした〈明日〉には、始発駅となった〈終着駅〉から動き出していくことになるのだから。

保護区

秋の地表が斑に見えているのは　雲が陽を分けているからだ。

影の部分だけを踏んで歩む男。

明暗の眼のなかで　屋根の低い家々にも墜ちかかる露のひかる　傾斜がある。

〈保存樹木〉打ちつけられたプレート　に内包された鳥類保護区　けやきの長い影が浅い　庭の犬が一匹　繋がれたまま影に陰を重ねている。

樹も鳥も　犬も人も
影を生む小さな存在だ。

餌付けされ飼育されているのは　からだとこころよりもはるかにことばのほうだ。と　唾棄するいかがわしい時代のわずらわしい想念。

陰陽を踏み違える
男
の通過儀礼。

舌打ちして　伏目がちに陽の方角を見る瞬間に
ぎらり正体を見せる雲間からの激しい視線。
眼に凹凸のない風景が白い。

もう陰はない
浅い影も深い影も。

同じ方向に歩く女《ひと》と　眼だけで挨拶を交わす　そ
れだけだ。
男の足は次の保護区へ向う。

液体論

I
またしても僕の前に水がある　午後の　夏のひか
りに美しく輝いて、ときとしてそれは美しすぎる
のだ　この世のものとは思えぬほどに。だから。

台所の食器棚に伏せられてある肉薄のコップをつ
かみ蛇口をひねる。
勢いのある水に近づける　いや　手を差しのべる
のに満ち溢れる水の温度が四方に散ってまるで信
じられないのだ　こころは僕を離れ一途に水に寄
り添っていくというのに。

ふいに届く

〈僕らは液体なのだから〉

という声。

即座に遠ざけてしまうのは　それら同質なものに対するときの怯えがあるからなのに。
皮膚に付着して次第に粘度を帯びてくるものは終える生涯を暗示する身体の水分なのだ。そのように、水滴を散らしぐしょぐしょに濡れながら街なかを歩き廻る。通りすがりの塀や電柱　硝子ドアの把手に付着し垂れかかる、それら。哺乳動物の行為がしたたらしてしまう水の正体なのだと。

II

横たえた身体の内部を縫って　規則的に動くのは〈水〉の芯を走る血の色をした液体。

傷つけられるたびに外部に向いて　迫り出してくる鮮紅色の醜い盛りあがり。水の滞留なのだ。意志的な行為なのだろう。それさえも、立ち昇る塩の臭いに呼びかえされる〈水〉の生涯は　やはり動物そのものの生臭いままで生存にかかわってしまう悲痛な想いに結びついてしまうのだ。

III

口を歪めて　あゝ。今朝もよく水がひかる。夜来の雷雨に洗われた石段の　凹みに残っていてよくひかる。だが。

乾いてしまうまでの短い時間に　幼い木の曲りは元に戻るだろう　若い柿の木の葉も張りを持つだろう　茄子の花もまた咲き出すことだろう。それと。

ピーマンの緑の冴えざえとした艶も　唐辛子の空に向いて尖る先端も　すでに稔りに向いている。

雷雨に放たれて帰り着かない奔放な夏の水は　繰返し駈け巡り続けて　ある時　するっと深い色合いの空を含んでひかることがある。もう秋なのだ

ここは。美しいだけではなく生存の匂いと　もっ
と内部に蓄えたものの存在を感じさせてやはり。
僕の前に水はあり続けるに違いないのだ。

詩集『苦艾《にがよもぎ》異聞』（一九八七年）抄

I

苦艾異聞

＊

モンゴリアン・ブルー
の
空を雲が走り、
風
が
草原をそよがせて行く。
匂いたつ苦艾[*1]の香り

が
心を鎮めてくれる。

＊

画像の映す明るい〝モンゴル大紀行[*2]〟の風景が私の心の襞をふるわせる。
短い草原の夏。幻の魚〈イトウ〉を求める旅の序章の一場面として挿入され、摘まれている野生の草〈苦艾〉。
ニガヨモギの主成分「アブシンチン」の毒性と、緑の魔酒「アブサン」を想起させて、不思議に心を鎮めてくれる芳香の満ちる場所から〝カイコウ〟という作家が、この草の効用を伝えている。
私はすでに、
気付いている。
その草にまつわる
幾つかの奇妙な符合に。

Ⅰ

一九四二年十二月十六日。ミハイロウスカ強制収容所。

ひとりのユダヤ人の少女が死んだ。

ゼルマ・M・アイジンガー。十八歳四ヵ月。恐怖と緊張、そして栄養失調で衰弱していた彼女は、発疹チフスに罹り、小歌を口遊《ずさ》みながら息をひきとった。

彼女の絶筆の　詩「悲劇」

には、こう書き添えられてあった。

〈終りまで書く時間がなかった……〉

　最も重いことは、自分を投げあたえること
　そして人間とは余計な存在であると知ること

自分をすっかりあたえること、そして人が煙のように無に帰してしまうと考えることである。

〈一九四一年・十二・二三（十七歳四ヵ月）〉

彼女は死を予感していた。
少女の一篇の詩さえ未完に終わらせる苛酷な現実のなかで、
彼女は激しい憧れと悲しみを詩に書きつづった。
その詩をアルバムに綴じ、愛する青年　レイセル・フィアマンに捧げた。

彼はパレスチナへの途上、
黒海で船が爆破されて死んだ。
ゼルマの詩集[*3]は、友人たちの手で奇跡的に救われ、ようやく人々に読まれるようになった。

ゼルマ・メーアバウム＝アイジンガー。

一九二四年八月十五日。

当時はルーマニア領に属していたブコヴィア州の州都・チェルノヴィッ。一九四四年以降は、ソ連邦ウクライナ共和国に属するチェルフツイに生まれた。

Ⅱ

ソ連邦ウクライナ共和国　キエフ市北方のチェルノブイリ原子力発電所。

一九八六年四月二十六日、午前一時二十三分。

四号炉の炉心が溶融、大量の放射性物質が飛び散る大汚染事故が発生。

死者約三十名。被曝者二千名。

地球の北半球全域に深刻な放射能汚染をもたらす。

五月に入り、西ヨーロッパ全域で大気・雨水・食料品に異常に高い放射能が検出される。西ドイツ・オーストリア・イタリアで野菜・畜肉・牛乳が大量に廃棄される。
日本でも五月中に、杉の葉・ヨモギからヨード、セシウムの蓄積が確認される。

〈後便情報　A〉[*4]
拡散した放射能汚染による被曝者の総数は二億人となり、その内一万から十万人がガンを発病する恐れがある。
〈後便情報　B〉
ラップランドでは、汚染されたトナカイ千五百頭が処分され、地中に埋められた。その上には、〈放射能危険物〉と表示板が立てられている。
〈後便情報　C〉
放出したセシウム137の量は、広島に投下された原爆の五百発分に相当する。

＊

チェルノヴィッ。
チェルフツイ。
チェルノブイリ。
〈チェルノブイリ〉が
〈苦艾〉の意味であることを。
さらに、
不気味な符合に想いが届く。

Ⅲ

ヨハネ黙示録[*5]　八章十一節。
に
この〈苦艾〉が不吉な草として出てくる。
ヨハネ黙示録はこの世の終末を示唆した書と呼ばれている。そのことは、信仰心の薄い私も知識として記憶していたのだが、それにしても何という符合。

〝第一の御使ラッパを吹きしに、
血の混じりたる雹と火とありて、
（爆発後の黒い雨か。例の fall-out ――放射性物質の降下か）
地にふりくだり、
地の三分の一
（ただし、専門家の計算によれば、三分の二のはず）
焼け失せ、
樹の三分の一焼け失せ、
もろもろの青草焼け失せたり。〟

〝第二の御使ラッパを吹きしに、
火にて燃ゆる大なる山の如きもの海に投げ入れられ、
（誤って海洋に投じられた何メガトンもの爆弾か）
海の三分の一血に変じ、
海の中の造られたる生命あるものの三分の一死に、
船の三分の一滅びたり。〟
（原子兵器を使った海戦か）

〝第三の御使ラッパを吹きしに、
灯火のごとく燃ゆる大いなる星、
天より隕ちきたり
（レーザー光線で撃たれた宇宙ステーションか）
川の三分の一と水の源泉の上におちたり。
この星の名は苦艾といふ。
（まさに軍人がその装置につけた詩的でも

夜も亦おなじ
（おそらくいわゆる核の冬がもたらした夜
であろうか）〃

アルベルト・モラビア[*6]の小説『視る男』の主人公ドドが深夜、ヨハネ黙示録の問題の箇所を読み進むくだりに、思わず私は息を吞む。

二メガトン級という中規模の無数の爆弾の爆発、それに続く放射能の粉末と破片の雨、火と、放射能と、飢えと、寒さによる死……。

隣家の子供のぐずる声、微かに聞こえてくる機器から洩れるドラマの会話、路地を抜けて行く足音。ひとりきりの私の深夜を侵して、人の生きる気配がしている。

あれば、暗示とも取れる類の呼び名である）
水の三分の一は苦艾となり、
（放射能汚染？）
水の苦くなりしに因りて、
（つまり放射能）
多くの人死にたり。〃

〃第四の御使ラッパを吹きしに、
（それにしても、これらの御使たちというのは、超音速飛行機に閉じ籠った政治家や軍人の大物にほかならないのではないか。それともシェルターに潜っている核兵器の技師たちか）
日の三分の一と月の三分の一と星の三分の一と撃たれて、
その三分の一は暗くなり、
昼の三分の一は光なく、

＊

あくまで冴えわたる
モンゴルの空。

透明な大気を映して、
明るく輝く画像。

光の放射を激しく浴びて、
私の心は　立ち竦んだままだ。

〈自分をすっかりあたえること、そして人が煙のように無に帰してしまうと考えることである。〉

聖ヨハネの黙示録のあとには
神の王国が続くのに、
身に迫る
現代の黙示録のあとには、
ただ　無が続くのみ……。

響き合う声、
と
彩《あざ》やかな色彩で草原に揺れる草、
苦艾。

ニガク、苦く
酒を呑みくだしながら
私の心は、
夜の底で、醒め続けている。

＊1　キク科の多年生低木。ヨーロッパ原産。葉をかむと後まで残る強い苦味がある。全体に強い芳香があるのは精油を二％含むためで、ツヨシを主成分とするので駆虫作用がある。全体が苦いのは苦味質アブシンチンを含むためで、苦艾と

いう名はここから生じ、芳香性苦味健胃、強壮、解熱、胆汁分泌促進剤として薬用にする。またアブサン酒をつくるときにも用いる。（小学館『万有百科』）

＊2 開高健の「モンゴル大紀行」

＊3 『ゼルマの詩集』秋山宏訳・岩波ジュニア新書

＊4 NHK特集「チェルノブイリ原発事故」

＊5 『新約聖書』使徒ヨハネが小アジアの諸教会にあてた手紙。ローマ帝国の教会への迫害が激化した当時の状況から筆をおこし、世の終わりに至るまでの教会の歴史を預言と象徴とによって語るとともに主の再臨の近いことを告げて、信者に希望をもつようにと説く。（小学館『万有百科』）

＊6 一九〇七年十一月二十八日ローマ生まれ。一九二九年ファシズム治下のローマのブルジョア階級の腐敗ぶりをえぐった処女作『無関心な人びと』を発表。以後、現代人の不安とセックスをモチーフに『アゴスティーノ』『軽蔑』『深層生活』などの注目作を執筆。最近は、核兵器の廃絶だけをスローガンに欧州議会に立候補して当選。『視る男』（千種堅訳・早川書房）は、チェルノブイリ事故の前年一九八五年に刊行されている。

傘のある私信

行き交う人たちの手に
傘がある
のも当然のことですね。
梅雨のはしりの灰色の空を見上げると　いまにも
雨の粒が降りかかってきそうです。

僕の想像力が乏しいのか　なかば常識化した巨大な傘の存在を信じることができません。その真偽と効果を追い続けて　ついに狂気に至ってしまった人がいるのですが、
僕はその人の想像力の方こそ信じられると思って

います。
隠しても、傘が殺意そのものであるのを　偶然の
事故などで感じとるのも　傘が兇器という本質を
持っているからなのだと考えます。

だから、傘の下にいると安心という常識家より
も　雨に濡れてもいい　という決心の方がはるか
に自由な心根だと感じます。
傘の内にいると安全だという迷信で巨大な傘の人
質になっている滑稽な姿が見えてくるからです。

行き交う人たちの手に
傘がある
のはあとどのくらいでしょうか。
梅雨明けのからっとした青い空が戻ってくると
この地方もやっと夏らしい夏を迎えます。

Ⅱ

ある記念品

＊

アメリカ中西部の、
とある小都市の一隅に位置する
濃い緑の木立に囲まれた　白い洒落た造りの邸宅
の、暖炉のある居間。

写真や勲章、トロフィーなどで
飾りたてられたケースの中、
飴色にひかる置物がある。

折にふれて、

この家の主　マイク・アンダースンは
遠い場所から想いを引き出すように
柔らかく　丹念に
シリコン布で磨く。

事業に苦難が迫ったとき、
家族に不幸がふりかかったとき、

苦しかった時代の、
堪え忍んだ日々の、

火と土と血と、
陽と砂と海にとりまかれた
死の島の、
異様に静まる夜に身体を伝わる恐怖を、
草木のそよぐ音に、
吹きぬける風の音に聞く。

孤島に満ち溢れた人間の喚声と、硝煙の臭いと炸
裂する砲弾の音の混じり合った狂気の日々を、
遠い場所を視るような
その表情の奥深くによみがえらせている。
落ち着いた暮らしの、
ソファーに深く沈ませた夜の静けさの中で。

＊

【ニューヨーク　二七日＝山口特派員】
ビル・ロス氏はニューヨークで次のように語った。
「昨年三月、カリフォルニア州で行われたイオージマ四十周年の記念行事で硫黄島協会関係者に会い、遺骨の話を聞いた。私はそれへの協力を申し出、私の著書や在郷軍人の組織などを通じて返還の呼びかけをしている。まだ、はかばかしい成果はあがっていないが、アメリカ人の一人として、

そうした行為（遺骨を記念品にすること）は、どこの社会にもいる、くだらないやつがやった例外的なケースと考えたい」

＊

私のノートにはさみ込まれている
切り抜き　一枚。
（一九八六年一月二八日「読売新聞」朝刊）

一つの島を、
死の島に変えた戦闘のあとの
隠されていた後日譚。

特派員電の記事に付された
衝撃の見出しが、
私の心の平衡を奪ったまま、断片のメモ類に刺さり込んでいて、暮らしを脅やかし揺れさせている。

「持ち去られた日本兵の頭がい骨」
「激戦の硫黄島一、〇〇〇個以上」
「米で返還運動」
日々の戦利品？　を取り込んで
際限なくふくらんで行こうとする
私の、
薄い闇の覆う暮らしの夜に
やはり、
遠い場所に視線を向けて
私の、
磨きたてているだろう
形ある物らの　生命のことを想っている。

夢違之地蔵尊縁起

＊夢違之地蔵

小春日和の菊川橋、
川面は温和な光をはじいている。

掛け替え工事の手の休めに
放り出されて
機具の時は止まっているが、
ゆるやかに風になごむ橋の袂の
赤い幟の幾本か
が
揺れて、白抜きの、文字が、見え、隠れしている。
〈夢　違　之……〉

夢、
違、
之、
か

時折り、車がアクセルを踏み込んで通過して行く。
〈ゆめたがえ〉
誰の、夢！

〈東京都墨田区菊川三丁目、菊川橋〉
「夢違之地蔵尊」へ
足が向いている
背に温もる陽を浴びて
次第に私の足は急いでいる。

＊

砂場のある一〇〇㎡ばかりの小公園の隅に、〈夢違之地蔵〉が祭られていた。高さ一ｍ余りの変哲のない石地蔵、風雨除けのテントで覆われ、地蔵の頭上の被いに〈夢違〉と黒く大きな文字がある。

左右に十五本ずつ赤い幟が立てられ、それぞれ、〈奉納夢違之地蔵尊〉と白抜きされている。植えられたばかりの若木が十本、枯れかかっているのもあるが、小公園の四方には欅の二本の古木を含めて繁みを作っている。地蔵尊の左手前に黒御影の石碑が建てられている。

台座を含めて高さ一m五〇、幅一mはあるだろうか。３cmほどの大きな明朝体の文字、36字詰、22行の本文。

〈夢違之地蔵尊縁起〉、その陰刻文を辿ってゆく。

……。

まだ春浅き三月九日夜半、雨あられの如く投下された焼夷弾は、いとまなき出火となり立ち向かう術もなく、却火《ママ》の中を、親は子を子は親を、呼び合い叫び逃げまどい、或は壕に入り、水面に飛び込み、或は公園、校舎に走り、ついに力尽きてその声も消え果て、やがて倒れ重なりまっ黒な焼身と化し、水に入りては沈泥に骸と果て、翌朝光の中の惨状は眼を覆うばかりであった。生き残れる者僅かにしてそのさまは亡者のようであった。この地の殉難者数約三千余名といわれている。

　この地蔵尊の在します菊川橋周辺の惨状は東京大空襲を語るとき後世まで残るもので霊地として守らねばならない聖域である。而して復興なり、一九八三年（昭和五十八年）三月十日、誠心集い浄財を集め仏縁深き弥勒寺住職の教示を得てこれが悪夢の消滅を願い、これを善夢に導き、再び、この悲史くり返さないようにと、夢違之地蔵尊と命名され開眼法要、殉難者追悼供養を施行した。

　時移り再び多大なる協賛を得て夢違之地蔵尊縁起の史碑建立となり地蔵講が生まれた。

願わくば子々孫々への加護と人類の平和を祈念して本日此処に慰霊法要を謹んで行うものである。

合掌

一九八五年三月十日

＊焚火作戦

夕刻。マリアナ基地から二、二五〇㎞離れた目的地東京へ向けて、ボーイングB29　三二五機が飛び立った。

二九八機の弾倉に一、七六五ｔの焼夷弾、一〇〇kg爆弾六個を積み、他の機には新聞記者やカメラマン、軍事要員が同乗していた。

深夜・超低空・無差別爆撃という新戦略技術を見届けるために。

〝〇時八分、第一弾投下〟

深川地区（現江東区木場二丁目）。次いで二分後の、〇時一〇分、火災は隣接する城東区（現江東区）に発生。さらに二分経過した〇時十二分には、本所区（現墨田区）が火に包まれる。

《第一弾投下から七分、空襲警報発令。》

この頃には独立火点が次々と合流し、一挙に大火流となり、火炎帯は半時間も経たないうちに下町全域に拡がって行った。

・

本隊進発より一時間半前に先発した無線誘導機二機による信号弾誘導。五機は先導機に付いて、一二五機は目視により、一四九機はレーダーによってあらかじめ選定された目標を攻撃。一、五〇〇ｍから三、〇〇〇ｍの高度から総量一、六六五ｔの焼夷弾を投下。

・

本所区九六％焼失。深川区、城東区、浅草区の三区は全滅に近い。日本橋区（現中央区）、向島区（現墨田区）は燃え尽きて八時頃鎮火。全東京旧三五区のうち、二六区が何らかの被害を受け、三七万世帯、一〇〇万人が住居を失い、傷ついた者十一万人。死者は約十万人。

・

〃枯葉に火が付いた。〃

と米軍『戦術作戦任務報告』は形容している。

米軍の損失、対空砲火によるもの二機、事故および機械故障一機。不時着四機、その他原因不明七機、計十四機。（内未帰還二機）。

・

大本営は、飛来したB29約一三〇機。撃墜十五機、損害を与えたもの約五十機と発表した。

＊燃える地図

眼は探照灯のように
巡っていた
朱色の塗り潰された地図の上を。

私の、ではない
誰か、を特定できない夥しい死者の
その、
記憶につながる〈三月十日〉の
日付けを辿る。

・

燃える夜の、夜の記憶の、飛び散る火花の、燃える生命の、叫ぶ声の切れ、ぎれの、燃える記憶の、噴きあがる火柱の、声の聞こえる川面の、沸騰する刻の、映って波立つ火景の、沈み流される生命の……。

・

私の

想像力の闇を舐めて
再び、地図が燃えあがる。

焼けついた地図から
朱の色が溶け出してくる。

《戦災焼失区域表示帝都近傍図》
燃える地図
がここに在る。

・

それでも、私の類型の朝は、心持ち苦しげな表情
をして巡ってくる。
そして、
陽の輝き満ちる頃には
その地図の上を踏んでいるに違いないのだ。

敗戦処理の研究

＊

なるほど、身の回りは《平和》で
私たちは〈幸福〉だ。
「車」があって、建売りだが「家」もある。近く
には「家庭菜園」もあって、日曜日には〈家族〉
連れでピクニックがてら、「ナス」や「ピーマン」
の苗を植え付けることだってある。〈原油値上げ〉
以後の〈引締め〉続きで、〈景気は〉底なしだが、
何とか手に入った〈週休二日制〉の使い方にも、
どうやら慣れてきた。

＊

身の回りは《平和》で
私たちは〈幸福〉

か。
「健康法」の本が積んであって、積もった埃の下には
「ルームランナー」だってある。
頑張り続けの〈心〉と〈身体〉が、妙にそぐわなくなって〈無添加〉や〈産直〉のラベルに盲目的な信仰を寄せていたりする。
なにはともあれ、
とりあえずは、健康で！
が、私たちの日々の挨拶である。

＊

なるほど、
なるほど
私たちは〈幸福〉で、
身の回りは《平和》なのだな。
負の想いに囚われた黙殺すべき一日が、やっと昏れて、
苦り切った表情で〈生きるのが辛い〉などと呟いていたりする。
〈女〉は、見えない〈戦争〉をしている。から、〈男〉は勝てない〈戦争〉に向かって、武器もなく出掛けてきたのだが、薄い影のように伸びてしまった〈希望〉が、〈不幸〉な出来事のなかにしか映っていないのを知ってしまった。
だから、自虐の〈苦痛〉を課して、私たちはやっと醒めていることができる。

＊

佇《た》っているこの地が絶えず、音もたてずに崩されている。

そんな恐怖を渡る感情が、たかだか四、五十年の〈定住〉の暮らしや想いで溶かされるものではない。〈心〉に〈定住〉などはないのだから。それと引き換えに〈心〉と〈身体〉を巧妙にしばられて、90％とグラフに色付けされた多数の側にいる

のだと錯覚していられる〈心〉よりも、
鈍く病み続けている〈身体〉の変調の方が、恐怖
に真向かっているのだと信じられる。

＊

〈幸福〉
か
その〈幸福〉の周りは《平和》か
なるほど
私たちの貧しくて屈辱の時が希求してやまなかっ
た〈世界〉は、すでに到来している。
〈希望〉はすべて叶えられた。何の不足もない。
疑うことなく、私たちは〈勝利者〉である。現在《いま》
の私たちの口は飢えていない。

＊

身の回りが《平和》で
私たちは〈幸福〉
なのか、
本当に。
私たちは〈豊か〉
なのか、
本当に。
「言葉」にならず、「声」にもならないで、私たち
の生の根のところから立ち昇ってくる不安な感情
とは何なのか。
私たちの〈家族〉の〈心〉と〈身体〉を柔らかく
包みこみ、私たちの〈幸福〉と《平和》を息苦し
くさせているものは何なのか。

＊

〈豊か〉で、〈幸福〉で、そして《平和》か
私たちは、
日々をなしくずしに敗戦しているのではないか。
〈新しい苦痛〉と〈新たな不幸〉
を産む
〈新たな戦争〉に。

Ⅲ

千の孤独

＊

ある時、ふいに気づかされるのだ
発芽しつつある孤独の種子の存在に。

越えるべき場所は
死の舌が舐めるところ。

だから　咽喉の奥で細く叫び
叫びつづけながら　羞恥らったままのこころで。

世界は〈希望に向いているのか?〉
と問いかける。
眼は立ちこめる
悲しみの霧を払いつづける。

＊

「発芽した千の孤独の種子が
　千の悲しみを明るく育てている」

と、私は誰かに語りかけたことがあっただろうか
あるいは押さえ込んでしまった言葉だったろう
か　それは。薄暮に点り始める灯火に映して　そ
れから届かなかった想いを抱いて戻るのに　慰藉
の食卓に希望が盛られることがないのは　なぜか。
繰り返し、映し出される世界
への
私のイメージは歪んでいる?

巡る殺りくの画面が記憶の底から剝がれ　立ち上

がってくる
鮮やかに動いて。

イメージは私のなかで歪んでいるのか
画面を殺りくの瞬間が流れて行く。

私は逃れようとしているのだろうか
この世界から。

＊

ある時、ふいに気づかされるのだ
時は悲痛な想いに導かれて動いていると。

啓示のように
打たれた心が跳ねて。

私は、球形の地の上の歩行を
ゆっくり確かめてみようとするのだ。

何かが始まる前に、何かが終わっている
というのは本当のことだろう。

いや、終わろうとしている
というのが近いかもしれない。

すべての始まりに立ち会えなかった者が
何の終わりに立ち会えるというのだろうか。

しょっぱい血と
塩辛い汗をしたたらす。

この生きてある身体を愛しく抱いて　ふたたび
千の孤独に真向かう。

Ⅳ

海を見に行く

＊

遠浅の海が湾の内を巡っているのが見える海の家のテーブルに肘をついて　眼をしろく光る波に置きながら、隙間のような時間のなかにいる。サーフボードの点在する白い帆と貨物船の灰色の影　モノクロームの静寂のなかでも　時間は確かに動いている。
遊び疲れて　濡れたまま氷イチゴのシロップを黙ってすくっている息子の唇だけが蒼く見えている。

＊

〈現代詩特集〉を組んだ文芸誌『海』を頭から読み進めていて　ふう　と息をついた。

記憶の芯に残されているのは「海を見る」や「海を見に行く」という詩句の多かったことだ。

今は、私も海を見ている。人間《ひと》はなぜ、わざわざ海を見に行くのだろうかと考えつづけていたことを　突然のことのように　思考の中心に取り戻している。

＊

この同じ時刻　人間は世界の海辺りから視線を探し求めている　探照灯のようにぐるりと巡らせて。そしていつまで経っても届かない視線を折りたたんで人間は海から遠のいてくる。
だから　海は置き去りにされたものたちで一杯に満ちている。
という（思い込み）は　今も真実の臭いを発しつづけていて　詩人たちの心をも取り込んでいるの

かもしれないな。

＊

ボートが引き揚げられ　ビーチパラソルが一本の棒になる。満ちてくる潮の匂いにひたされながら一瞬の甘美な時間を思う。白い水平線が明確に海と空の境界を見せている。何ものかが判然としてきて、それぞれの場所へ戻って行く時間がきているのだ。

＊

鳥肌をたてる息子の身体を拭いて　帰り仕度を始める。暗くなった海の家の海向きの網戸に羽虫の小さな影が浮かび　その向こうには灼けはじめた空と光る海がある。夢も希望も　丸ごとの生と死が同時に置かれてある場所では　性急な結論も欲望もつまらぬ他人事のように冷たく鎮まっている。

海が呼ぶ

＊

「海」の色を染めて　いままさに金色の陽が佇《とど》まり　一隻の帆を下ろした〈舟〉が静かな影となっている。

私の内にある「海」のいめえじが、つねにこうあるのではないが懐かしく眼に滲むのは　黄昏の深い寂寥をたたえたその表紙絵を少しはわかる年齢になったということだろうか。

　作品「海原」[*1]が病室からであり、作品「草魚とオレの誕生日」[*2]も病院から、作品「老妻二人」[*3]は白内障を病んだ眼に二重写しに見える妻を詩ったものである。作品「崖の赤土」[*4]も病室からなのである。

何とももどかしく危機に瀕した言葉たちだろう。若き日の勇気を何処かに取り落として　臆面もなく死の恐怖を呼び寄せているように見える。

＊

死線を潜るたびに生まれてくるのは、勇気だと「コンバット」の画面を見ながらくり返し思っていたが、名が失われるたびに首を横にふり、〈解放〉と〈自由〉に向かう行軍の兵士の手には銃がある。

＊

私らも、あのように失われた者らも、なお生き返すことができるのだろうか。

＊

わずかの空間を占めて、一人ひとりの老人が死と真向かっている。という事実を、これら一篇一篇の作品は示している。重なることは偶然ではない、時代もこんなに病んでいるのだから。

『海』[*5]は何を求めたのだろう。そして何が「海」に呼ばれたというのだろう、律義に死の姿をあらわに見せることなどないのに。

詩人はつねに、悲痛ないめえじを食べる者であるけれど、〈詩〉と〈死〉が見事につり合うなどという比喩には鳥肌がたつ。

＊

窓際の白いプランターに植えつけられた小樹木の葉が、淡い色の縞模様をつくって陽を気儘に揺らしている。レストランのビニールクロスの舞台でくり展げられている夥しい生死に関わるドラマ。一瞬のうちに失われてしまう映像。すぐにも、この状態は失われるという哀しみに浸されて、その舞台上で私も演じている。

＊1　高橋新吉。

＊2　草野心平。
＊3　中桐雅夫。
＊4　三好豊一郎。
＊5　月刊文芸誌『海』83年6月号。

歓びの容量

＊

見馴れた文字。
の
形に似た記号、や記号にもなれなかった線、の折れ曲がったり跳ね上がったままに中断し、放置されたものたちが、白い上質紙のノートの面に散乱していて、それらはほとんど宙に浮いたまま停止している。ボールペンの赤色と黒色の使い分けは、
何によって選ばれるのだろう。
その散乱の中に僅かに見られるある一定のことわりは……。
例えば（1）は何を意味する
（2）は何を意味していると言うのだろうか。

＊

座散乱木（ざざらぎ）
座散乱木（ざざらぎ）
遺跡の地名が眼を射る　音になって私の耳に鳴る。
三万年から五万年前の。
私への発掘報告はもうここまでで充分である。
《「日本原人はやはりいた?」「発掘石器は14～37万年前」「北京原人と同時代」「宮城県・
中峰遺跡」》
思わず、壮大な時間《とき》の流れを刷り込んだ　トップニュースの記事に心を乗せてしまったのだが、

一九八四年十一月二十日付読売新聞の朝刊第一面、
　ざざらぎ
　ざざらぎ
いまの私を揺らしているのは、一九八一年発掘のこの地名のほうだ。
《第五文化層から発見された百六点の、剝片石器》
静かに黒い地中に浮いて停止していただろうその場所と形。なによりも、そっくりと包み込んでいた時間《とき》のこと想いながら、
声に
急かされて、
登校前の朝食をかき込んでいる
おまえの、
心の形に重ねてみようとしている。
《私の日々のことばが、おまえの心にどのように届いたり届かなかったりしているのだろうか。見馴れた形で記されたそれがおまえの文字で、それが単なる意味、よりも希望や歓びに向かう意志を激しく示しているように見えるのはどうしたことなのか。》

＊

例えば、（1）は、
おまえの明るい記憶の中を走る
（モノレール）を意味すると思われる。
さらに、（2）は、
おまえの歓びの容量のほとんどを占めている（ひこうき）を示していると思われる。
この春から夏にかけての
旅が
おまえにどれほどの歓びをもたらしたかを、（1）（2）そして、旅に関する幾つもの文字と記号が、忘れられることなく一途に書き継がれる行為の内

に見ることができ、そのうえ、
同時にもたらされる発音の不明瞭な
（ことば）の響きともなって生まれてきているこ
とを。

《おまえの日々の世界が、やっと私と、私
たちのいる傾いた世界に触れ始めている、
と考えるのは早急にすぎる私の希望なのだ
ろうか。》

＊

まるで、
書き込むごとに丸味を帯び、突然に省略されてし
まったりもするその線が、不思議な力を得ている
のを感じて驚く。
一心不乱なおまえの、
手の動きから生まれる文字、
の
形をした記号、は崩れ、歪み、傾いたりして、さ
らには中断のまま放置されてしまうのだが、
白いノートの面《おもて》をきつく押さえ、削り、つぶし、
そして黒く赤く不整な並びそのままに、おまえの
意志を映しているように見える。
《おまえの想像力を走る（モノレール）とそ
の先にあるだろう（ひこうじょう）。そ
こからおまえが飛び立たせる（ひこうき）
が私にも見えてくる》
おまえのことばのほうが、
希望と歓びの表情を、しっかりと捉えていると思
うな。

詩集『時間論など』（一九九二年）抄

I　時間論

スタイリスト法

＊

犬の毛の付着したスーツに
ブラシを使おうとすると、
すばやく
ガムテープが手渡されて、
べりり、ああ　快感。

確かに、フォト・スタジオやビデオの収録現場で、スタイリストたちははがすために使っている。衣裳に付いた埃りや汚れを手早くはがし取るのである。

＊

〈コンビニエンス・ストアでは、近頃若い女性がガム・テープを購入して行くのを、よく目撃する。〉
と、
作家のIが、時代の風俗として語っていたのを覚えているが。

＊

拭ったり、払ったり、掃いたりではなく、
いきなり、べりりとはがし取る。

早いから　？

いや、はがす快感、のせいではないかと。

いやいや、単なる清潔志向だけでは説明のできない、はがし取る収穫感に由来しているのだと。

その、眼に見える収穫感と、べりりの感触が手離
さない〈清潔恐怖〉という病気こそが、この日常
を支配しているのではないかと。

＊

〈ひとりの少女が、都市の闇の中で全ての生存に
結びつく行為を拒んで、死んだ。〉
と、
小さく報道されていたけれど、あなたは覚えてい
るだろうか。
まるで、汚れを恐れ、消去されるものの如くに、
自身を消滅させてしまったのだった。

＊

今夜も、ひとりの部屋で
あなたは
快感を明日に向けている。
ダスト・シュートには
丸くからめたテープが
あふれている。

禁漁区

＊

午後の陽を浴びて
化粧タイルを眩しく光らせている
新都心の高層ビル群の偉容を窓枠の中に置いて、
私の視線と思考は、一枚のポスト・カードに捉わ
れたままだ。

夕陽に染まる
ベナレスの石段。
照り映えるガンジスの河面に眼をおいて
沐浴する人たちの、

静かな
祈りの時に満たされた表情に。

＊

《戦争前夜
この言葉に容易に辿り着いてしまう、肌寒さと
苦渋が口を浸しています。》

一九九一年一月十三日付。
インド、ヴァラナシからの便りが帯びている危機感と、悠久を思わせる黄金色に染まる大地との狭間に漂い、匂い立ってくる死臭のようなもの。

祈りの声と形を
包み込んで
聖なるガンジス。
河畔で火葬され
遺灰が流される。

時を一本に束ねて
ゆるやかな流れに送っている。

＊

流れ去る、この都市の風景は
すでに初冬の樹々を黄葉に染めあげていて、
それは、身体を規則正しい振動に乗せているランナーズ・ハイの選手の表情に映っているが。

この狭間を生きている私たちの
清潔にすぎる日々に
記録されることだろう夥しい死者が、正義と平和の名のもとに葬られ続けてきたことを。
信仰と政治の折り合わぬ悲劇として。
貧困と民族の正されない結末として。

それでも
夕陽に染まる一刻。

聖なるガンジス
深い闇の流れに、黒く
浮き沈みしつつ下っていくのは貧しさに
焼け切れない遺体。

＊

《水質汚染の対策として、インドの森林局が約
38億円の膨大な予算をかけて、長期間にわ
たる「カメ・プロジェクト」を発足させ、近
く第一回の放流が予定されている。》
と、これはすでに旧聞に属する報道なのだが、〝カ
チュア〟という肉食の亀が、七、八六四匹育てられ、
なお、七、五〇〇個の卵も育てられているという。
この日付け、がいつのことだったのか、
　信仰と行政の噛み合わぬ
探りあいが
　水面下で進行している。
しかし、担当役人の心配のタネは別のところにあ
ったのだ。
〈密漁〉、
その亀を喰う生きた人間の仕業のことである。

失楽園

＊

そこにひとつの窓がある。
衛星「ハッピー・スター」から送られてくる〈今
日の地球〉のリアルタイムの姿が、深い闇の中央
に見えている。青白く輝いていて。

ああ、今日も地球は元気、か。

音は聞こえてこない。

＊

「環境と人間」という題で私は一篇のエッセイに取りくんでいる。うず高く想いの分だけの資料類を積み上げて、この危機に瀕したわれらの母なる地球の現在と人類の未来についての考察を深めようとしているのだが、単行本、レポート類や会議のレジメの発する緊急信号に取り巻かれて、私の想いはいよいよ暗く絶望的な気分に引摺られていきそうなのだ。


思えば、われわれはいつの間にか随分と遠くまで歩いてきたものだ。

誰にも予測できなかったほどに。

実に多くのものを得、そしてまた夥しい生命を多く失ってきた。その最大の喪失は、やはり〈自然〉

なんだと思うね。

＊

そこにあるひとつの窓。
いや
そこにあるのはひとつの窓だまし。

見え続けている
青白く輝く　美しい　地球。
哀しげに、
私に語りかけているように思える。

＊

凝視めていると、傷ついた球体の、斑点のように見える病んだ陸地と、汚染の進む海洋が苦悶の身ぶるいをする、ように感じられてきて、思わず、
おい頑張れよ。
と声をかけたくなるんだ。

かつて、この国の海岸線が果しのない自浄の営みを続ける美しい刻があったのを、私は懐しく想い浮かべることができる。

その風景には、ここち良い風が吹いていた。われらの賢い先人たちは、通りの良い風があるから〈風景〉と呼び賞でるべきものに意味を付与したのだった。

＊

「私は宇宙船の窓から遠去かる大地を眺めていた。初めのうち、ふるさとのテキサスのことばかりを考えていた。そのうち、アメリカという国のことを考え始めた。しかし最後には、地球のことしか考えていなかった。」と語ったのは、アポロ号に乗って初めて月に行った宇宙飛行士である。また、彼は別の文章で、〈神の意思〉を感じた。とも書いていて、その発言と感覚は充分に私を納得させるものだった。

この大いなる〈客観の視線〉は、隠しだてのない冷厳な事実をそのまま映し出すことである。彼はさらに、自分の飛行の目的地が実は〈地球〉そのものであったことを教えているのであった。

＊

夢想のような時に漂い
静かに
サティの曲が動いている。
世紀末の、コンクリートの壁にうがたれた窓だまし
に〈今日の地球〉は形よく、嵌め込まれていて。

死語

＊

いまどき、〈江戸前〉
にぎやかに説明する板さんの口から、思いがけな
い言葉が飛び出してきたので驚いてしまう。
俎の上にある、
〈死語の海〉から抜きとられてきた魚が、
鱗の光沢に鮮度を発散していて、
保護色の風景から引きはがされてきた、そこの貝
類の来歴だって、
私の眼は見抜くことができないのだから、ね。
でも、それが
世界の今日の重要な事案と、どこで結び合ってい
るのか、考えてみるのもいいかもね。

＊

浅い海の砂の中で
一個の貝が
自身の成長を考えている。

その数センチ　上を
一匹の魚が
外敵の眼を避けながら泳いでいる。

でも、眼が
そのことを確かに認めている
わけではない。

私の眼には、つねに見えていないものがある、見
えないものを包んでいる時もあり、眼を閉じて、
黙って時をやり過ごす瞬間さえもあるのだから。
私の眼の奥深くから、その時々に判断を強いてく

る脅えと悔悟にくるんだ決意のような感情を宿した意志が、こぼれ出すこともあって、

＊

その時　砂の上で、
一個の貝が　身じろぎをした。
その時　海の中で、
一匹の魚が　身をひるがえした。
その時、
温く射し込んでいたひかりが、かげって。

私は、その時
観念したような眼をして、
しょっぱい汗をしたたらすこの身を、両の手で愛しく抱いている。

祈り

＊

その生成にまで遡れば　混沌の闇から遥かな時空が動いていて、その時に磨かれ整った姿を見せて、

そこにある
包みの中の　物　は？

砂上に揺れながら　いつ崩れ去っても不思議ではない私の日々の生活と　このメガロポリス不眠の都市を見据えるために、遠い場所から運ばれてきた、と言えるのだろうか。

インド木綿の布地は

変色して
　その、絵柄を鈍く沈ませている。

包みの中の物は、時おり身じろぎのように苦悶の素振りで　その位置を摺らすことがある。と、私は、もうほとんど確信をもって心に留めているのだ。

＊

芽吹き前の欅の枝を激しく震わせて　春の風がごうごうと高い位置を通っている。

　寝入った家族の
　呼吸を時おり
　緊張させて。

不運とか不幸　そう形容されることもある日々と　難問や事件を懐に抱いて　鎮まったまま鋭く尖っていく心の先に触れ、
　小さく
　私の耳奥に
　鳴る。

タール砂漠の一角　人の立ち寄ることのほとんどない丘の上の、崩れかけた墓石のならぶ墓地。鮮やかに染まる静寂な夕景の中、吹きぬけていく風に触れながら歌のようなものが響いている。低い呪文のように。

＊

そこにある
数個の、包みの中のものは、
旅人の意志が求め　偶然の出会いのときの、その眼と掌の感触という選択の瞬間を経て、届けてくれたものだった。

いまは、遥かな道程《みち》を往く人の〈祈り〉を受け止
める姿形に似て静かに置かれてある。

旗を焼く

◆

（情報が不足している、のだろうか。）

一九八七年十月二十六日。
読谷村営競技場
のメイン・ポールに翻っていた
旗が　一人の男の手で乱暴に引き下ろされて
燃やされる
のを見た。
（いや、私は報道するテレビニュースの画像を、
驚きの目で見ていたのだった。）
（怒りの感情に支配された、その時間《とき》を私も心
のどこかで共有していたかもしれないのに、
何ひとつ整理されぬまま旗は今も私の視野で
燃えつづけている。）

◆

（遅れ遅れに、画像はコマ送りされて届く。）

一瞬、めらっと黒く燃えて
炎が立ちあがる。
ぐるり
囲んだ男たちの
躰の輪郭を暗く縁取って。
「解散の時には、旗を焼くんですね。」
思わず、キャスターは
眉をしかめて、言葉を洩らしてしまったが、

一九八六年十一月二十日。
三菱石炭鉱業株式会社高島礦業所
百五年の歴史
が、
組合旗とともに燃やされていたのだ
組合員の手で。
（私は忘れないだろう。怒りを抑えた深い哀しみに支配された、その時を。）

（しかし、不足しているのだろう。情報も、怒りと哀しみさえもが。何よりも、虐げられた側にあるはずの私の感情が、おそろしく停滞しているようなのだ。）

（もどかしい。怒りと哀しみを束ねられないのが。）

蒼い空
に
明るく映えて、鮮やかな色で翻る
私の
旗。
このいめえじが、今はくるしい。

◆

（またもや、ブレながら画像は時間の帯となって流れて行く。）

一九八七年十一月二十日。
大韓民国高麗大学
民正党の盧泰愚大統領候補に反対する集会
で
旗が燃やされている
のを見た。

（いや、私は一葉の報道写真に目を釘づけにされてしまったのだった。）

（旗を焼く学生の顔に、怒りの火が激しく点いていて、また私の心が熱くあぶられる。閉じ込められた歴史の闇から傷口を浮かびあがらせて、今、私の視野で三本の旗が燃えている。）

時間論 ——5の補註による考察

＊註1

謎の文明と呼ばれるマヤ文明が栄えたのは、ユカタン半島を含むメキシコ南部、グァテマラとベリーズの全体、そしてホンジュラスとエル・サルバドルの西部である。暮らしにくい環境の中で栄え、発達した文字体系を持ちながら、なぜ滅んだのか。その謎を解く鍵であるその独特の形をした文字がまだ充分に解かれてはいない。

碑文には暦に関する文字があふれ、絵文書には金星や月の周期が計算されていた。石碑は五年、一〇年、二〇年ごとに果てしなく流れゆく時の区切りを記すために、里程標として建てられていたのであるが、マヤの三〇を超える神格の一つに（時間を司る神）の存在があって、その神の姿は何とも苦しげに耐える形で刻まれているのであった。

＊註2

〈あと、六分〉

地球の終わりまで。

アメリカの科学誌「ブレティン・オブ・ジ・アトミック・サイエンティスツ」は、四十四年間にわたり毎月、核戦争による地球最後の日までの残り時間を〈終末時計〉として表示していることで有名である。

ブレティンを発行している核科学教育財団は、この十月号から、超大国による軍備の増減だけでなく、世界の環境、経済、文化問題を加味して、時計を進めるか遅らせるか判断することになった。それに伴い時計も従来の正方形から円い地球の地図上に時計が浮かぶ形に変わる。と発表した。当面は二年前から続いている地球の終わりまで〈あと六分〉の残り時間に変化はないもよう。ブレティンは一九四五年、広島、長崎に投下された原爆の惨状を目のあたりにしたアメリカの物理学者らによって創刊されたもので、冷戦が続いていた間は〈三分前〉まで進んだこともあったが、八八年の米ソ中短距離核廃棄条約発効後の緊張緩和を受けて、六分前まで戻されている。

＊註3

国連本部は九月九日、一個の懐中時計の紛失を詫びる一通の謝罪文を発送し、それは広島市に届いているのだが、父親の唯一の形見だった持ち主は強いショックを受けている。

この時計は、同市東区光町二、変圧機工場経営美甘進示さん（六三）の所有。ガラスはなく、長短針が〈八時十七分〉を指したまま文字盤に焼きつき、倒壊した家の下から見つかったもので、一九八三年に広島、長崎両市が被曝した聖母マリア像などを贈った際、広島市が美甘さんの了解を得て貸与した。これらの資料は、国連の一般見学者コースに展示、反核平和のシンボルとなっていた。

国連広報担当官の話では、三月三日、展示ケースから盗まれているのを発見、このほど陳謝する旨の公式文書を届けたとのことであった。美甘さんは「何とか一刻も早く戻して欲しい」と話している。

＊註4

アメリカ人の約半数が、近い将来、第三次世界大戦が起こると予測している。

全米世論調査の結果、大戦の可能性については女性の五三％、男性の四四％、全体では四九％が、いずれ起こると予測。うち三五％が十年以内に起こる、五五％が二十年以内に起こると考えている。また六〇％が第三次世界大戦が起きたら、核戦争になると予測している。

また、別項目の日本との関係の中には六〇％の人が（広島、長崎への原爆投下は正しかった）と考え、特に男性は七〇％が肯定派、女性は五〇％だった。

調査を実施したメディア・ゲネラルとAP通信、そして回答した受話器の向うの、一、二〇〇人の、心を支配する不気味なものの姿が、闇の中に見え隠れしている。

＊註5

南アメリカの言葉〈マニヤーナ〉は、明日という意味なのだが、これはまた〈いつか〉あるいは〈永遠に〉という意味でも使われる。

しかし、この文明においては、あらゆるものが私たちを時間の視野（過去に向かうのと未来に向かうのと）の二つの限界に向かって運んで行く。もはや現在は象徴的な点に過ぎずこの点によって、私たちのかすかな記憶はわたししたちの予想の方向に向かって乗換《トランジット》通過して行くのである。

〈引用のための参考文献〉
註1『マヤ文字を解く』八杉佳穂（中公文庫BIBLIO）『マヤ文明・インカ文明の謎』落合一泰・稲村哲也（光文社文庫）
註2「読売新聞」（一九八九年九月九日）
註3「毎日新聞」（一九八九年九月二九日）
註4「毎日新聞」（一九八九年八月三〇日）
註5『時間術』J＝L・セルヴァン＝シュレベール（新潮社）

Ⅱ　風の音

冬の言葉

＊

外は外、
で
気が充分に満ちている。
グラスにたっぷり
香りの良い酒を注いで、
それから　季節に関する書物を側に一冊。
選んだ、冬の
言葉の一節を置いて　私は
手紙を書き始める。

〈生きる〉に向けて。

＊

「突発性拡張型心筋症」という名の難病で倒れた詩友は、回復の見込みのないことを日々の闘病ノートに書き記していた。切り抜きの新聞記事には（五年以上の生存七〇％）とあったが、彼はその確率に届かなかった。

「夕張《ゆうばり》」という名の地で、弟はふいに消え失せた。
露天掘りの石炭の鉱区を疾走する三〇ｔトラック
の車輪に巻き込まれて。

祖父の五〇年祭、祖母の五年祭の案内。
この夏から、時を次第に切りつめ手繰っている父
の、機器に囲まれた集中治療室に漂っていた臭い
と、〈言葉〉にはしないで握り合った掌に残され
ている感触、その眼の動きなど。

＊

冬の、
言葉の発する鋭い気で
満たして置きたいと考えたのだった。

外は外
で
気が満ちているから。
内は内
の
張りかたというものが必要なのだ。

風の音

＊

盛る夏の空の下　一筋の光になって息子が走って
くる。ハァ　息をつきながら、まだ自分の影に気
づいたことのない瞳を私の正面に向けて。

灼かれる暑さのなかで　乾き続けて待っていた私
は　光にばかり眼を向けていたので　すっかり影
に取りまかれて暗くなっていたようだ。呼吸さえ

抑えてしまって。

不思議そうな表情のまま息子は　ハァハァと息を
ついでいる。私は小さくて熱い掌を握って　風の
呼吸音のする小公園の樹の下に入る。
心に水分を与えるために。

*

〈ギミー病〉に犯されているのは　息子ではなく
私なのかもしれない
と思いはじめている。
不調な乱れを混じえて、今夜も〈欲望のシンデレ
ラ〉が熱い吐息をついている。

鮮やかなカラー。
広大な草原。
連発される軽いジョーク。
そして、温和な微笑。
裏表なく灼かれた裸体と
断続するコマーシャル・フィルムのドラマの隙間
に
〈今日の出来事〉がはさまっている。
それは、すべて終ったことなのか、これから始ま
るところなのか。
そして　私の何、が終り、何が始まろうとしてい
るのか。
不調な思考に熱い吐息がふりかかり、振り出しの
疑念に戻されている。

*

やはり、私に違いない
と
何を病んでいるかさえ知ろうともしない日々の、
忌しい数々の事件の、終りない幕切れに追《っ》いて行
けないこころの疲労が、
哀しく呼ぶ、ただ美しいだけの
懐しい風景を。

＊

盛る夏の空の下
小公園の陰。
熱い掌を握って
伝わってくる確かな鼓動を
風の呼吸音のなかに聞いている。

匕首

＊

十六、七歳の頃、
匕首を一本
造ったことがありました。
〈ピリッと寒さの張った夜に、気配だけの存在にも心を届けておこうとする　優しくて、それでいて無関心なところのある　心もとない都市人のひとりのあなた。〉

＊

使い古しの鑢《やすり》を
一本。
丁寧にグラインダーにかけて、
焼きを入れ
丹念に砥ぎつづけたのでした。
〈ピカリとひかる抜身の、妖しい肌。このミュージアムの展示室で刃紋を波うたせている殺意の道具に、〝美術品〟の呼称はどこかはぐらかしの響きがあるね。〉

＊

型を採り、鞘を造る。
塗粉を木目にすり込み、カシューを塗る
何度も、うるしもどきの液体を重ねていました。

〈冷夏の、どこにも届かぬ祈りの日々は、父の生命を永らえさせているが、摩耗して如才のない挨拶ばかりで過ぎさる日々も折り合わされていて、迫りあがってくる哀しみのようなものをなだめていたね。〉

＊

晒《さらし》の腹巻きに
忍ばせていた
鋭く
切れるような　心

〈喧騒と速度ばかりの都市の、そのインデックスにまぎれて、逃げ道ばかりの選択を重ねているうちに、使い古しの鑢に戻されていたなんて。流布される都市伝説の一つとしては真実味のあるはなしさ。〉

＊

でも、
あの匕首はどうしたのだろうか。

Ⅲ　耳の印象

統計

(1) 12%
(2) 30%
(3) 40%
(4) 17%
(5) 50%

(1)アメリカの人口に占める黒人の割合。(2)湾岸に派兵されている米軍に占める黒人兵士の割合。⑶同じく、非白人兵士の割合。⑷同じく、女性兵士の割合。⑸同じく、女性兵士に占める黒人兵士の割合。

⑹　29・6％

⑺　25％

⑹アメリカにおける16〜19歳の黒人全国平均の失業率。

⑺同じく、15〜25歳の黒人男性の、銃撃も含んだ暴力行為ならびに麻薬など反社会行為で死亡する割合。

＊

（ブッシュ政権は、黒人兵の比率が高いことを「志願制」であるからと、問題にしていない。）

（E・J・キャロル提督は、「富と力を持つ人々が決定をくだし、貧しい若者たちが戦わされる。」と語っている。）

契約

契約日　一九九〇年十二月十一日。

発注者　米国防総省。

数　量　一六、〇九九個

仕　様　全長七フィート十センチ（約235cm）、幅三十八インチ（96cm）、深さ六インチ（15cm）。六個の金属製リングとファスナーが縫い込まれている。

製　造　ニュージャージーの工場で、一九九一年一月十日から生産開始。

納　期　一九九一年三月一日。

品　名　「ボディバッグ」（別称、遺体収容袋）

＊

（一九九一年二月十八日現在迄の、米軍の死者の総数は十四名。同日、ペンタゴンとリヤドの米中央軍報道官は、地上戦への準備はほぼ完了したと発表した。）
（ボディバッグの到着する、デラウェア州マンドーバー基地は厳しい報道管制下にある。悲惨な死体を国民と世界に知られたくないという、当局の考えによるものだ。）

耳の印象

＊

〈弾〉に当たらないための
御守り
と称して、幾千の〈耳〉[*1]が
死者の畑から、刈り取られたことだろう。

朝鮮、中国、ニューギニア、ベトナム、……
アジアの戦線から。
でも、狂わなかった人たちの
日々の記録が、ここにあって……。

＊

私にも、
あるのだ
〈首〉[*2]の衝撃、というものが。
弁髪を把んで、
吊り下げられている
目を閉じた　首。

＊

私にも
あるのだ、
〈小指〉[*3]の想い出、という悲痛な歴史の記憶が。
千鳥ケ淵戦没者墓苑に

納骨された
一、一〇〇本の、小指の。

＊

〈耳〉の印象。
〈首〉の衝撃。
〈小指〉の想い出。
死の、
瞬間を、
凍りつかせて、いつまでも。

＊1　朝鮮戦争の時、切り取った〈耳〉を乾燥し、弾丸よけのための御守りとして首に下げていた。また、豊臣秀吉の朝鮮出兵の折には戦果を判断するため、カメに塩漬けにして運んできた。
＊2　南京大虐殺の記録写真から。
＊3　ニューギニア戦線から帰還の兵士が遺骨として、小指を切り取って持ち帰った。

詩集『初めての空』（一九九九年）抄

＊　序詞

名を呼ばれる

＊

名を呼ばれた、
と不意にわたしは感じた。
すぐに応えようとする、
まったく無防備に。
その場所を漏らしそうになる。

＊

監視塔と、
貨車と、鉄道の引込線のエンドマークと、
赤レンガ造りの収容棟と、
有刺鉄線の塀と。

＊

その、
凝視られ続けた風景から
すっかり人間の姿が消え、
白い雲が
ポカッと空に浮かんでいる。

＊

呼ばれ続けて、
沈黙の、
世界に向いて
今度は、わたしが、
目と耳を澄ましている。

随分と遅れて。

I

初めての空

＊

ガン細胞の侵食に抗いながら
手術二年後の夏に、母は逝った。

ヨーロッパでは、この夏の暑さを《死の夏》と名
付けた。
と伝えるニュースに、わたしは暫くは心を添わせ
ていたな。

＊

砂漠の一角に、遠くを見通すように佇つ人がいる。

リンチェン博士*の眼には、
湖と川、そして恐竜の姿など
さまざまな生物たちの暮らしが見えている。

草原を疾走しながら、あるとき
スイッと軀を浮かせることのできた、最初の、
恐竜の姿が映っている。

〈鳥の祖先は恐竜だった。その進化のつなぎを見
せる化石が必ず在ると思う。〉

生の起源に近い
その仮説を実証する者の、想像力とは
見えないものの骨格を組み立て創り上げて行く激
しいエネルギーに満ちた
心の力だね。

＊

半ば、砂に埋もれた白い化石を掘り出して
丹念に、
並べて行く。
その単純にすぎる作業が
エネルギーを次第に昂めて行くのもそのせいだろ
うか。

億万の、夥しい生と死が準備した助走の時から
何でもないことのように、
突然に抜け出して羽ばたく一頭の、いや一羽の恐
竜がいた。

初めて抱きとめた大きな空間のふるえが、
涙ぐむほどに
飛翔の歓喜と不安に同調しているのがわかる。

＊

でも、あなたがふいに消えて
差し出したわたしの手が、空を摑む。

そんな夢を、何度も繰り返し視た。

＊　日本モンゴル合同調査隊長リンチェン・バルスボルド博士のインタビューから。

約束の樹

＊

〈戦争〉と〈疑獄〉と、
〈巨大事故〉の報道に取り巻かれてしまった夜、
きっと悪夢を呼び寄せることになるだろうと思っていた。

＊

半睡の意識の淵で
確かに
わたしは、視ていたのだった。

サバンナの中の、一本の樹を。

朝霧に煙る
千年の生命を宿す
巨大なバオバブのような
豊かな樹の姿を。

＊

陽は、あくまで高く
輝いていて。

やがて、動物たちがやってくる。

まず、キリンが高い枝枝の実を食べる。猿たちも枝に乗って、実を口に押し込んでいる。やがて、象がやってきて、樹に軽い体当たりの一撃を加える。落下した熟れた実を口に運んでいる。イボイノシシもやってきて食べている。ライオンもその甘い実を食べている。

そのとき、
動物たちは決して争わない。

＊

少しの時が経って、
お腹のくちくなってきた哺乳動物たちは、無防備な姿勢で
その、胃と腸で進行するドラマを反芻している。

キリンが長い足と首をユラユラ揺らしながら歩いている。やがて、前足を屈して横倒しになって眠りにつく。猿たちは半分閉じかけた眼で、躯を支える枝を手探りしているが、直ぐに深い眠りに入っていく。イボイノシシとライオンはすでに白い腹部を波打たせて眠っている。象の重い足取りが、いよいよ重くなってほとんど停まっているのだが、鼻だけをゆうらりと遊ばせている。

＊

半睡の意識の淵で
繰り広げられる
幸福な季節の、その約束の時間が
千年の生命の樹をめぐって過ぎ去ったのだ。
人間、という
ケモノがその甘い果実を発見するときまで、

＊

悪夢に導かれないように、悲惨な出来事の起きた
夜に一本の樹と、
その果実と、
動物たちの姿を借りて、

わたしに何を伝えたかったのか。
それが、どれほどの時を占めていたのか。
わたしはやっと取り戻している
口中から脳髄にまで広がって行く
その甘美な罪の味を。

甘い記憶

＊樹の宇宙

イキモノたちの奇妙な〈生〉の形が
語りかけてくる。

この世の最高の快楽とは、
ついには、自分自身を与えてしまうことであると。
《イボ太郎》と別称のある
〈虫〉の生涯も
わたしには、とても説明のしがたい妬ましい感情
に囚われながら見えているものだ。

一本の〈樹〉に取り付いた〈虫〉が
ついには、樹と一体となって樹液を吸い続ける。
寄生してしまうと、次第に、その〈虫〉の体が溶
け出してくるのだった。
脚を失い、
眼を失い、
鼻を失い、
そして、ついには〈消化器〉だけになって、ひた
すら樹液を吸い続ける存在になるのだった。

唯ひとつの陶酔の、形

小さな、
小さなイボのようなカタマリになって、
もう、〈虫〉なのか〈樹〉なのかさえ分からないのであった。

〈虫〉と〈樹〉は
ただ、遺伝子の求めに従って動かされているに違いないのだが、
〈虫〉の生涯が、わたしの心のうちに快く染みてきて響鳴する陶酔感があるのだ、確かに。

一本の樹の姿をして立っている、
〈宇宙〉そのものに。

＊甘い記憶

深海の闇の一隅
小さな提灯に照らされて
〈雄〉は、手ぶらで〈雌〉の体に、吸い付くのだった。

〈雄〉は、〈雌〉の体の十分の一しかないけれど、
吸い付くと、〈雄〉は決して離れることはない。

そのうち、大きな変化が起きてくる。
寄生しているから
余分なものは要らない。
目が不要、
脳も不要、
そして、〈雄〉は〈雌〉に付着した小さなイボのようになって、
ついには、〈精巣〉だけの存在になってしまうの

だった。
精巣だけになった〈雄〉は、
〈雌〉の産卵のときに、
全力で精子を放出して、卵にうまくくっ付くこと
ができるのだった。
イキモノたちが
自分自身の姿や生涯を振り返らないで、
ひたすら、〈未来〉に導かれて行くのは、
〈現実〉が陶酔の内に抱かれるように作られてい
るからなのではないか。
人もまた、イキモノの
甘い記憶から逃れられない存在なのだ、と。

＊　樹の宇宙＝参考・カイガラ虫
＊　甘い記憶＝参考・チョウチンアンコウ
参考文献＝（「貝の中の謎」多田道太郎・『ちくま』264号）

写真　――顧城

そこに、一枚の写真がある。

＊

父母と子の三人。
笑顔の母親に抱かれた赤ちゃんと
玩具を手にして、アヤす父親のはにかんだ仕種が。
ありふれた、家族の、
幸せそうな写真。

＊

そこに、一枚の写真がある。
アサガオの花に、

生物学者の考察の文章が添えられていて、
夜明けに咲く花に
朝の光とあたたかい温度が必要なのは、当然のこととと思っていたが。
そこで述べられていたのは、
朝に至るまでの、夜の冷たさと、闇の深さが何よりも欠かせないという事実であった。

アサガオの花が咲いている。

＊

そこに一枚の写真が。

幸せそうな、その、
親子三人の家族の写真に添えられていたのは。
伝聞の寄せ集めのような、〈北京・荒井利明〉と
署名のある小さな記事。

日付と地名の特定されない、〈なぞ〉の文字が散在する〝かも〟や〝という〟〝ともいう〟で結び付られた文章は、
やはり〈突然で異常〉な事件を伝えるのにふさわしい？

＊

その、一枚の写真。

〈謎とともに、五つになる長男と自伝的要素の強い未発表の長編小説が残った。〉
〈母国、母国語とのつながりの喪失が、「朦朧詩人」の心に見えない空洞をと、記事は伝えているが。〉

＊

その、一枚の、

〈「北京の春」象徴詩の旗手。顧城〉
一九九三年一〇月、滞在先のニュージーランドで

死亡。
〈妻をオノで殴り殺し、自らは木で首を吊って自殺。〉

＊

そこにある一枚の、
幸せそうに映っている
写真。
と事件を伝える記事を際限なく乖離させて行く、
あなたの夜と闇。
どこまでも、冷たい夜と
あくまでも、深い闇を感じさせて。

＊　アサガオに関する記述については、五木寛之『生きるヒント』（文化出版局）の第三章「悲しむ」から。
＊　顧城に関しては「読売新聞」（93・11・10付）の記事から、参考、引用させていただいた。

美国まで

小樽から余市へ。
そして、余市から少し先の梅川と書かれた
バス停留所に立っていた。
自閉を病む子と二人
この夏の、旅の昼下がり。

周囲は　リンゴ畑で、
艶のある葉の中に
柔らかそうな色の小粒の果実がみえた。
ふいに、その時思い浮かべていた
品種名「王林」、
ゴールデン・デリシャスと印度リンゴの混植中で、

偶然生まれて来た果実。

〈いや、これは違うだろうな。〉

だろうな。
で、読みちがえてしまった時刻表のために、
時を待つ、ことになったこの偶然の場所から
〈歌棄〉へ。
さらに乗り継いで行く
〈美国〉という名を持つ積丹半島の漁港。

急峻な海岸線。
悲運に過ぎた源氏の武将の伝説。
それら、
遥かな時を映す風景に抱かれて
〈幻身〉のように見えていた、あの果実も
秋の実りに届いているだろうか。

Ⅱ

夜の鶴

＊

街なかで差し出されたインタビューのマイクに
〈やさしさ〉が好き
と若い娘《ひと》が答えていた。

理想的な時間《ゴールデンタイム》の帯のなかで。

不覚にも、
先程のドラマで
〈涙〉を流したばかりだ。

そこには、誰もいなかったので。

＊

悲劇も、喜劇も
やはり、
〈涙〉をスクリーンにしているね。

分断の、
〈三十八度線〉。
非武装地帯の湿原に、
〈丹頂〉の華麗な姿が数羽見えている。

均衡する時間の帯のなかで。

（ナレーションは、続く……。）
ツルは夜、
土に胸をつけて眠るのだと。
緊張の時間が生み出した、息のつまりそうなその
天国で。

＊

試されてある日々のなかで
私の、顔は、
〈やさしいか？〉。

遠く砲声のような音の聞こえる
夜、
私のツルは、
細い一本の足で立っている。

ウインク

＊

［片方の目の「瞬き」のことを、私たちは俗にウインクと呼ぶが、使用される対象と意思の伝達力

はほぼ限定されている。」

「それは言葉になる以前の「心」の欲求の状態を示していると考えられるのだが、このところ、ほとんど私は目撃する機会に恵まれていない。」

＊

男は瞬間の死から逃れたが、既に死の要件の殆どを整えつつあった。二年前に心臓発作で倒れ、脳幹に損傷を受けて全身麻痺となり、病院で寝たきりとなっていた。

自分の意思で動くのは左目だけ、そこで、男が考えついたのが「瞬き」による会話だった。

「瞬き」一回が、ウイ。「瞬き」二回が、ノン。その合図を翻訳する女性校正者との間で、一字一字確かめていく辛抱のいる作業が続けられ、一日の読み取り時間は六時間、男の「瞬き」は二十万回に達した。

＊

男の「瞬き」から
鳥が生まれ、
冬の風の流れる空に
羽ばたいている。

男の「瞬き」から
勢いよく生まれた魚が、
記憶の海に溶け込んでくる。

男の「瞬き」から
生み出された「寝る男」の創った物語が、
始まりと終わりを同時に感じさせて、
ユーモアさえ漂わせている。

＊

『潜水服と蝶』と題された物語りは、病院生活の中で観察した人間模様を描いたものに過ぎないのだが、抽象化されたその題名に、男の表現に対するセンスが窺われるだろう。

「寝る男」の目の位置が、海の中の鎧のような「潜水服」の不自由な形をあらわし、男を巡る者達の姿を自由に飛翔する「蝶」に見立てていると読むのもあながち深読みではないだろう。

*

少し寒さの緩みはじめた冬の朝、
一人のジャーナリストの死が報じられた。
ジャン・ドミニク・ボビー　四十五歳。
「寝る男」である男の創り出した「物語」が出版された三日後のことである。

＊「東京新聞」（97・3・7）「瞬き20万回　本150頁書き上げ」から。

斧《オノ》折《オレ》 ——秩父夜祭りの日に

*

澄み切った空と
輝く白いひかりに晒して
言葉少なく
心、の火照りを溶かしていた。

歴史に洗われた草と、土と
人々の祈りが育てた
祭り　の興奮が
屋台囃子に乗って響いていた。

*

「詩」や「小説」、「民謡」と「絵」など、言葉と心の形象《かたち》を求めて、三〇年近くにもなってしまった日々を抱いた、各々の想いの背を、冬の陽に暖めながらわたしたちは一刻ひとかたまりになって歩いていた。
千数百の露店の連なりの中から、命名に心引かれて、地元の名産という「斧折《オノオレ》」、固い木で造られた箸を買った。

〈秩父市中村町一―三―七
浅見箸制作所　浅見知司〉
〈この箸は、自然と本物・使い良さを求め、心を込めて私が作りました。あなたの思うままに働きます。〉
風土を確かに生きる工人の自負が、磨かれた木目から柔らかく発信されていて、思わずその心の形を手にしていたのだった。

＊

固くなってなかなか溶け出してこない　心という
ものを
夜の、地の酒にぬるく浸して
「ちょい辛」小茄子の漬物を、その「斧折」、曲らない固さで挟んで口に運ぶ。
生きている、言葉が
甘辛い汁に滲んで沈んで行く。

地上で一番幸せな場所

＊

立停る
ことが、この頃多くなったみたいだね。
商業と政治は巨大な建造物を立ちあがらせていて、その陰で日々の生活が繰り返されている。

乾いた風の吹き抜ける街路に、熱を失った〈言葉〉
が過剰に群れながら漂っているね。
　まだまだ、陽の淡い朝の時刻に
　戻ってきたよ　私は。

トウキョウ　ベイ　ヒルトン
湾岸の夜景の中にいて、
ライトアップされた〈シンデレラ城〉と〈トゥモローランド〉の〝スペース・マウンテン〟それら、〈地上で一番幸せな場所〉で演じられたドラマの数々を反芻していた。
〈ワールドバザール〉と名付けられた〝みやげ物売場〟に殺到して土産物を買い漁る人たちの姿を。
塵一つ落ちていない、酒に酔っている人間《ひと》の一人もいない、笑顔ばかりの夢の国〝アメリカ〟を。

＊

　立停ること、
　ばかりの〈幸せな場所〉。

は、〝一歳から九二歳の子供たち〟の無垢な心と好奇心を失わない、という素朴な人間観に満ちている。「この幸せな場所にようこそ。ディズニーランドはあなたの国です。ここは、大人が過去の楽しい日々を再び取り戻し、若者が未来の挑戦に思いを馳せるところ、ディズニーランドはアメリカという国が生んだ理想と夢と、そして厳しい現実をその原点とし、同時にまたそれらのために捧げられる。そして、さらにディズニーランドが世界中の人々にとって、勇気とインスピレーションの源となることを願いつつ*。」

〈つもり〉になり、
〈はまる〉ことの出来る者は幸せ。

確かに、ゴミは〈カーストディアル〉がすぐに拾いにくるし、アルコール類は売られていない。ミッキーやミニーは永遠に恋人のままである。キャラクターには決して夫婦や親子は登場しない。血や性の現実、悪や苦との格闘はそこには存在しないのだった。

立停ること、
ばかりの〈幸せな場所〉。

から、あなたはどのように巧みに等身の日々を取り戻すのだろうか。じゅくじゅくと〈言葉〉にならない湿ったまま押し上がってくる感情を黙って慰撫していた。

立停る、ことの許されない日々の淵で見栄やプライドばかりを刺激するメッセージが消費への欲望を煽っていて。

いつしか、〈つもり〉になろうとしていて〈はまる〉こともあるのだから。

＊ 一九五五年、開園式におけるウォルト・ディズニーの式辞。

Ⅲ

とんぼ

＊

人差指がいっぽん

空に向いて立てられていて
とんぼが、ツィととまる。

ぐっと
足をつかむ指。
ブルッとからだが震えて
観念の
擬死までの短いとき。

次第によみがえってくる
感触に
世界の命運が
担わされている、と。

＊

固い拳から
いっぽんの指が起されていて
静寂の、
何にも染まっていない時を満たして
とんぼが、
群れ飛んでいる。

雪の思想

ずうっと昔に手放した場所のことを
まるで「夢」の置き場所のように話してしまうことがある。

＊

その苛酷で、美しい衣装を心に纏《まと》った。
白い風景をわたしは何年生きたことだろう。

吹き渡る風に耐える木々の梢の激しい震え。空に哭く峰の上を点のように通過する小さな鳥の影。降り頻きって次第に記憶の重さを増して行く風景。目の中に祖先の日々の営みを蘇らせてしまう、固く尖らせた歳月に火を灯して緩やかに心を温めて行く。世界はその時僅かに生きる決意を取り戻しているかに見える。

類型に過ぎる多くの形容詞を連ねて、わたしはこの国の首都を流浪して病んだ、わたしの身体と心から発する言葉で、わたしを造った北の街の厳しい風景を、恥ずかしい程に飾りたてながら詩《うた》ってしまっているね。

そして、試され続ける家族との聖なる日々の暮らしを生き通す力を、そこから得ていることを認めなければならないな。

＊

音を消し、風景の彩りを消して白くしろく、降り続く　その風景の中を歩いて、遠くへ還って行き、そして遠くから帰ってくるものの有ることを。わたしの、火の色をした目が再び捉えることをあなたは望んでいるだろう。

＊

白くしろく、静かに降り積もり、
この世界の苦痛にまみれた悲しみの全てを許すと
いうように降り続いて、世界の風景を改めている、
朝に。

銀のブレスレット

「期末決算」の数字を整え終えた
夕暮れの電車の中で
朝刊の切り抜きに目を置く。

偶然の発見が、

さらに、奇跡のような物語の出現を伝えていた。
南仏マルセイユ沖合の地中海から
作家・サン＝テグジュペリのものと見られる
銀製のブレスレットが発見された。

一九九八年九月七日、漁をしていたトロール船が
引き揚げた網の中から見つかったのだ。
漁師が付着したものをナイフで剝がすと
「アントワーヌ・ド・サン＝テグジュペリ」という名前に続いて、
「コンシュエロ」と妻の名前があり、さらに、アメリカでの出版元の名前と住所が彫り込まれていた。と、

「星の王子さま」や「夜間飛行」などの作品で知られるサン＝テグジュペリは、
優れた飛行士としても知られ、
第二次大戦末期の一九四四年七月三十一日、連合軍の偵察飛行士としてコルシカ島を飛び立ったまま行方が分からなくなっていた。
その三ヵ月後、地中海沿岸でサン＝テグジュペリと同じような体格をした遺体が見つかり、埋葬されているが、掘り起こして確認しようとする要望は、遺族によって拒否されている。

その神秘に包まれた最期から、多くの説が生まれたのだが、五十四年の歳月を越えて、その銀のブレスレットは私たちに何を語りかけているのだろうか。

経済の、
整えられて不動のように見える数字のなかに心を置いたまま、

奇跡のように突然に創り出された物語に
私の夕陽が眩しく映っている。

詩集『ヤスクニ・ノート』（二〇〇三年）抄

ラジオ実況放送

＊

断片の、
記録とそれに付随した見聞の記憶から
次々と起き上がってくる事実がある。

＊

一九三三（昭和八）年　ＮＨＫラジオの実況放送
は、
靖国神社境内の
「招魂斎庭」
から行われていた。

中国戦線（いわゆる十五年戦争）渦中の戦死者を

合祀するための、
招魂式が。

アナウンサーの発する声は、
（満洲国）にも届けられていた、とその記録は伝
えているが、浄闇《じょうあん》と呼ぶ
暗い闇の中にも、多くの人々の影が蠢いていて
御羽車が進み、
揺れる熱狂がある。
声にも、
夜の、暗がりにひれ伏して並ぶ人々の眼の光にも。

親や子の、
孫や親族たちの、
そして死の飾り方、彼岸への送り方と。
国や町の、
何より、天皇様の

国民のこころを引き付ける必要のあった時期の最
大のデモンストレーションであったろう。
ただただ、それは国民総動員態勢を整える一連の
動きの中にあったのだ。
そこでは、具体的な死者の数が示される。
全国市町村から、申請されるのは
国のために、黙って
天皇のために死んで行った者の名のみが記される
合祀のために。

実況は続く。

熱をおびたアナウンサーの、それでも
精一杯おごそかに感じさせようとする飾る敬語の
連続する言葉の、
時には、捩れそうになる声音の、
時には、涙を呼ぶ感情の酔いに乗せて、

浄闇という暗闇のなかから言葉を繋いでいる。
実況を続ける。

＊

私の、
耳奥でも　しつこく鳴り続ける熱狂の。

真昼の、
森の奥の、
暗がりの、
神社の奥に歩を進めて、
一本の案内板の前に立つ。
改めて、
私は、死者に向けられた言葉の有り様を思い起こす。

二〇〇二年八月十五日、正午丁度。
靖国神社。
夥しい喧噪に満ちた時と場所の中で、
此処だけは参拝者の訪れる人も少なく、べたーっと静まり返っている。
アスファルトが敷き詰められ、
白い線で一〇〇に区画された場所を眼にしている。

私の、
目から発する　無言の実況は続く。

一角に小さく纏められた「斎庭」と赤い「鳥居」は、
ただ、平たくひろがる白い闇の、
片隅に押し込まれていて
ただ、ただ静まっていて。

一面に近代技術の
先端を代表する甲虫のような車輛に埋め尽くさ

れ、
何よりも、背信の重しに敷き詰められたあの
「招魂斎庭」は、
生者に都合のよい論理に区画され、
はっきりとした経済のプラスの数字を生む装置と
なって赫然としてそこにある。

＊　一九五八年生まれで既存の戦争観に囚われない、資料を丁寧に扱って、分厚く纏められた『靖国』坪内祐三（新潮社）一冊の視点の一つは、神社の行った無防備に過ぎる行為の矛盾を暴露した、告発と言っても良い程の事実を突き付けていることだった。それは、私にある怯えに似た感情を呼び戻させたのだった。

白鳩課

《もう、二〇年も前のことになる。

昼の休みが取れなかった午後、坂の脇に車を停め、
玉砂利を小さく鳴らしながら歩いて、木洩れ陽の
よく動くベンチに腰をかけていた。
ウィークデーの境内なのに　それでも絶えること
なく人の足音が行き交って　この時間がやはり、
長くながい忌まわしい時間に結ばれているのを感
じ取っていた。
光の先端を揺らす銀杏や桜の　濃い緑の葉むらか
ら　白い凧になってしきりに舞い降りてくる鳩の
姿があった。人の足音と声の起きるたびに鋭敏に
散って遠ざかる。その果てしないような繰り返し
を見ていた。そして、何ものの手も届かないと思
える巨大な鳥居の上に数羽が並び　逆光の眩しい
眼の中に黒い影となって動かないでいた。まるで、
悲痛な死のシンボルと同化したように。

《白い鳩と護国の杜
この取り合わせに私は長いこと不明なまま心を尖らせていたのだった、が。

日に三度、〈オモチャのシンフォニー〉が軽快に境内のスピーカーから流れる。鳩が群れ集まってくる。土鳩や式典用の白い鳩も混じっている。神社白鳩課の職員がエサを与える。

最初に飼い始めた純白の伝書鳩五〇番《つがい》、から今はその数六〇〇羽へと。

増殖計画は人知れず進められてきた。専用の鉄骨鳩舎が建てられ、月に二回は獣医の往診が行なわれる。

*

《軍国の象徴とみられるのを嫌う神社が二〇年前から飼い始めた。

と、やがて一つの小さなルポ記事が不明なままに心の奥底に澱のように沈んでいた疑問を解きほぐしてくれたのだった、が。

神社に染みついている〈戦争〉の歴史観、を白い鳩とその姿形にイメージされる〈平和〉で覆い隠すために、〈公人〉から〈私人〉への見えすいた言葉だけのレトリックのように秘かに、彼らは彼らの希望を確実に育てていたのだった。

不安は、私の生活のほんの短な休息の時間にさえも及んでいたのだった。

時代のうなりをあげる速度のなかで彼らの希望は果して望みどおりに数を増やしてきたのだろうか。

そして、逆手に取られたこの二十年、飼い慣らされた純白の鳩に映る私の〈平和〉はどれだけ色褪せてしまっているのだろうか。

深く嚙む想いの中、
白鳩課の職員の撒くエサを啄む鳩は、やがて、〈息子〉や〈夫〉、〈父〉たちの顔になりすまして、この社の周りを〈平和〉そうに飛翔する。

沈黙

ガラスの陳列ケースに
びっしりと並んでいるのは、
白無垢の
花嫁人形だ。

沈黙の、

何も語ることなく
こちらをじっと見つめ続ける者は、
軍服姿の　男だ。

視線のこちら側で、
死が隔てた
断ち難い連綿とした肉親の想いに飾られ、
その想いに寄り添う夥しい人の形。

若くして亡くなった者には、親族の手によって死後の結婚が執り行われる。
あの世にて、夫婦となっての幸せを願うのである。

花嫁が身にまとう
白無垢は、
もともとは喪服として使われた正装でもあった

と。

境内の森を抜けて
そびえ立つ遊就館の、
ガラスケースの中に
静かに　寄り添って並んでいる。
死は、生に連続して
人々の日常の時間を造っているのだ。

復活　――新遊就館再開

＊

〈人々よ心して歩み入れよ
静かに湛へられた悲痛なる魂の
夢を光を
かき擾すことなく魚のように歩めよ〉[*1]

七十年前にあなたが書いた、非戦というよりも反戦の意の強い作品の冒頭の一連です。

私も今日、あなたが立ち入った場所に向いてこの身体のすべての筋肉を働かせて、玉砂利を踏んで歩いています。靴底を小石が滑ります。歩きづらくできているのだ、この参道は。

心が揺れて、外れてしまわないように。

中央に、
〈下乗〉とある
何が、と思う。

＊

昨日、二〇〇二年四月二日。

　この境内の三本の樹の、

一枝から、
〈開花宣言〉が発されました。
恒例の発表が、この首都の春を告げることになっ
ているのです、今も。
あなたは、このことを知っていたでしょうか。

＊

芽ぶき間近の、銀杏の古木の並木はすべて剪定の
鋸の刃が入れられて、無惨な切り口を白じろと見
せていて不気味な姿で立っています。

＊

大門の内側に群れるように植え付けられた記念樹
は、暗く黒く、くくり付けられた白く小さなプレ
ートを浮きあがらせていて、私の心を冷やしてい
ます。

＊

ふい、に翔び立つ白鳩の群れの羽音に驚いて、眼
を菊紋の貼り付けられた大門の奥に向ける。

あなたがその正体を見抜いていた
〈軍国神社〉
の本殿がそこにあります、春の陽に輝いて。

Ⅱ

〈この遊就館のなかの砲弾の破片や
世界各国と日本のあらゆる大砲と小銃、
鈍重にして残忍な微笑は
何物の手でも温めることも柔げることも出来
ずに
その天性を時代より時代へ
場面より場面へ転転として血みどろに転び果
てて、
さながら運命の洞窟に止まったやうに
凝然と動かずに居る〉[*2]

私は歩く、声もなく
現在を歩いて行く。

＊

〈決意〉とは違うだろうきっと、口惜しい悲しみと、もっと怒りの勝った感情に捉われているようです。私は、一人ひとりに向いて無名の語り部として繰返し伝えるべきなのだろうと思い続けています。あなたの作品が私に届いたように、私もまた、丹念に現在を記録して行かなければならないと思います、そのために。

＊

一八八二年二月、遊就館開館。
一九二三年九月、関東大震災によって大半が崩壊。
一九二四年八月、仮遊就館竣工開館。
一九三一年十月、遊就館新築工事竣工仮開館。
一九三二年四月、臨時大祭、天皇・皇太后両陛下行幸
新築の遊就館を御覧遊ばさる。
一九三四年四月、遊就館附属国防館竣工開館。
一九四五年九月、遊就館令廃止、靖国神社宝物館と改める。
一九四六年九月、国防館を靖国会館と改める。
一九四六年十一月、富国生命保険相互会社と遊就館賃貸借契約を結ぶ。
一九六一年四月、靖国会館二階に宝物遺品館を開館。
一九八五年十二月、遊就館改修及び周辺路盤工事竣工。
一九八六年七月、新装なった遊就館に展示品を移し、さらに展示内容を充実して再開。
二〇〇二年七月十三日、創立一三〇年記念事業の一環として、本館の内装を

新にし、更に新館を増設。ガラス張りのホールの中に零戦をはじめ、屋外展示物を収納、展示することとした。

＊

真新しく、春の陽に
白く輝いて
私の眼前に聳え立っているのは
まさしく、あなたが八十年前に書いた
「殺戮の殿堂」そのものに違いありません。

あなたが見たものと、
今、私が見ているもの
一体何が変わったと言えるのでしょうか。

こうして私が抜出した記述は、充分に時代の顔色をうかがいながら整えた〈遊就館案内〉に付された「靖国神社略年表」からのものです。
この極めて簡潔な略記からも、隠されているものと、隠しおおせない多くのことがあるのがわかります。

血にまみれたこの国の戦争の近代史と、その精神の支柱として果してきた役割は、もっともっと責められるべきなのです。
何よりも、解体や変化を拒否して生き延びてきた者たちの姿を、この場所は映し出してしまっているのですから。

〈展示室1〉武人のこころとして刀などの史料の展示。
〈展示室2〉日本の武の歴史の展示。
〈展示室3〉明治維新に殉じた御祭神の遺品及び史料の展示。

〈展示室4〉西南戦争に殉じた御祭神の遺品及び史料の展示。

〈展示室5〉靖国神社の創紀にかかわる記録及び史料の展示。

〈展示室6〉日清戦争、北清事変等にかかわる記録及び史料と遺品の展示。

〈展示室7〉日露戦争パノラマ館（映像による記録）。

〈展示室8〉日露戦争から満洲事変への記録及び御祭神の遺品及び史料の展示。

〈展示室9〉招魂斎庭についての記録と御羽車の展示。

〈展示室10〉支那事変と重慶爆撃の記録と史料、御祭神の遺品の展示。

〈展示室11〉第二次世界大戦と世界情勢の記録と史料の展示。

〈展示室12〜15〉大東亜戦争の記録と殉じた御祭神の遺品及び史料の展示。

〈展示室16〜18〉靖国の神々。殉じた御祭神の遺影、遺品及び史料の展示。

〈展示室19〉ドキュメント「君にめぐりあいたい」の上映。

〈展示室20〉ビデオ・コーナーでは、各テーマ別に用意されている。

〈玄関ホール〉三機の機体から復元された零戦が展示されている。

〈大ホール〉艦上爆撃機彗星・ロケット特攻機桜花のパノラマ展示。水上特攻・回天、震洋などがあり、古砲・戦跡収集品等を展示。

＊

映像的にデザインされた
底冷えのする新装の館内を
尖った心で、一巡する。

あなたが眼にしたはずの、十万六千余の「皇御軍[*3]」の飾りたてた死者の臭いの漂う遺品と兵器の類の上に、折重ねるように、二百四十六万余の死の臭いが詰め込まれているのです。

その周囲に夥しい、その名さえも記録されることなく殺戮され凌辱された生命、一千二百万余が取り巻いてうごめいているように見えます。

あなたの書いた忌わしい「軍事博物館」は、現在二十倍の死の臭いと戦争そのもので満ち満ちています。


〈改修・復元〉再開。

とかつて別の印刷物には確かに書かれていました。

そして、いま「殺戮の殿堂」は戦後五八年にして〈内装一新〉〈新館増設〉。


確かに、浮びあがってきていたのです。

歴史の暗流に乗って。

＊1　白鳥省吾「殺戮の殿堂」第一連。
＊2　同第二連。
＊3　自軍を「皇御軍」と讃え、旧幕府軍を「道不知の奴」とさげすんで、反対派の死者は一顧だにせず、未来永劫にわたって敵として追及する。

未刊詩集『モナルカ』抄

騒水

過ぎた夏の、盆は
水ばかりが騒いで
風のように吹く水の勢いに打たれ続けていた。

ダムの水底に沈むという
小さな山の温泉宿では、
風景の奥深くに「反対」の言葉を呑み込んだまま
水の勢いをやり過ごしていた。

「朴」と名付けられた部屋で、
ムササビの来るという餌台の上に置かれたひまわ
りの種に時折、目を置いて、
繰り返し、続く気象情報と、
河の中洲に取り残され、流されて行った人達の、
声のない映像の悲鳴を聞いている。

苦い葉

＊

乾季の野に点いた、
火群れの粉を浴びて燃え上がるとき
やっと、
危機の種子を蒔き落とす。
約束の大地に。

＊

ビーズのような瞳、

に揺れる
ユーカリの樹林の緑。

誰があなたのＤＮＡに命じたのか
苦い、苦い純粋な葉だけの食の選択を。

＊

一散に、膨らんでいる人の形、
その分だけ、絶えさせて仕舞った種の数々。
破壊と欲望の裏返しのような想像力が、
飢える場所を呼び込んで、
今日の危機を見せつけている。
苦い米、
でも堂々巡りのＯＤＡの贈り物。

＊

苦い葉、
を噛んで、
毒の汁を呑み込んで、
やっと、
わたしのやせた心に流れ込む純粋な哀しみ。

空の路

メキシコの高地
ロサリオ
オヤメールという木の森の
枝に、
ブドウの房のように固まって
枝垂れている。

大陸の峰々を伝い
グライダーのように
風に乗り、

四〇〇〇キロの空の路を飛翔して。
ひたすらな導きを生きる
モナルカ、
蝶
の輝きが、
遠く心の路を通って
命の木に宿っている。
花のように枝垂れて。

鳥

それも一つの
神話だったのか。

雲と風の間を
黒い点々の塊のように群れて飛ぶ
鳥たちは、
最初に与えられた世界が
青く球形に輝いていることを、
季節の巡りのたびごとに
空の路を通って伝えた。
海と地を飛んで、
影のように映る自分の姿を確かめながら。

目

眼を閉じた、魚の、
その眼の奥では、
もっと深い生の選択を迫られただろう、

僕らは。

でも、魚は
眼を開けている。
視られることに、
僕らのＤＮＡは耐え続けて来たのだった。

眼を細め、
甘く唾液を嚙んで。

花々

遠い道程を出掛けて、
千年の藤が咲かせる花を見て来た。

地を覆うように、枝を広げている
古木の姿、形を見てよく分かった。
花を守る人々の思いが、花を咲かせているのだと。
花は、心の形なのだ。

風景

瞼の瞬きから
鳥が生まれ、
風の流れに滑空して
ゆるゆると
陽の光にさらされている。

こころの気流に
導かれて、
生みだされた言葉は
ゆるゆると

時の海に溶け込んでいる。

記憶と夢の輪郭に縁どられた
伝説と祈りの風景を甦らせて。

夢

＊

子どもの頃に
好んだ場所があった。

＊

小さな川の
小さなカーブ、
緑が柔らかく膨らみ
小さな淵になったところ。

一日　陽が当たっていて、
時がゆったり留まっているところ。

＊

夢に見るような
悲しい物語を幾つも、幾つも創り続けて、
肩を寄せ合った家族の
それでも
幸福と思える長い時が過ぎ去った。

＊

そこから歩きだして
その場所に戻ることが
唯一であるような、そんな日々があった。

流星群

＊

時が
はっきりと姿を見せている、
絶え間なく降り注いで。

＊

しし座流星群。
まるで、
約束通りの明日がきて。

楽しいレジャーのように、天体望遠鏡を並べて
この国の親と子は、
まるでシャワーのように降る星に
歓喜の声を挙げて。

＊

張りつめた、大気の中で、
近づく冬の
空に向いて、
難民キャンプの少女は、
空腹の眼を空に向けている。
星空を、
突如ざわめかせるように轟音が入ってきて、
爆撃機の光の明滅が通り過ぎて。

＊

それでも
時が、
はっきりと姿を見せている。

絶え間無く降り注ぐ
哀しい　爆弾。
星が、
光が、
少女の
瞳の中を流れ落ちて行く。

未刊詩集『サイレント・ストーリー』抄

サイレント・ストーリー

8

市井に「事実」として流布される「物語」の内実は、常に、事実に寄りかかるか、物語を過剰に修飾して伝説化するか、あるいは消費の現実を露に語り続けるものとして私の前にある。

†

「判事がヤミを拒み栄養失調で死亡　遺した日誌で明るみへ」

朝日新聞が伝えた東京地裁・山口良忠判事の死は、「護法」に殉じた良心的な裁判官として、当時衝撃をもって受け止められた。

記事は、その病床日記を紹介して、

「食糧統制法は悪法だ。しかし法律としてある以上、国民は絶対これに服従せねばならない。自分はどれほど苦しくともヤミの買い出しなんか絶対やらない。従ってこれを犯す奴は断固として処断する（略）。自分はソクラテスならねど食糧統制法の下喜んで餓死するつもりだ。敢然ヤミと闘って餓死するのだ……」

「法を順守した山口判事は、栄養失調で倒れる。郷里の佐賀に帰省したが、「病床でもヤミ食品をしりぞけ日増しに衰弱」、一九四七年十月十一日、永眠した。高潔な判事の死はセンセーションを巻き起こし、その人格は神格化され〝山口神社〟をつくろうという動きまで生まれた。あとには矩子夫人と五歳と三歳の男の子が残された。」
と伝えている。

それから、半世紀近くの「戦後」という稀有な歳月の連なりを経て、「事実」を覆っていた「物語」は、確かにゆっくりと内芯から腐食していたのだった。

右傾化への先導誌「諸君!」一九八八年十月号は、山口判事の長男、良臣氏の「朝日新聞が捏造したわが父『山口判事』の神話」と題する一文を掲載した。

†

「父は日記を書いていたが、それは終戦の日までで、病床で長文を書き記す力はなかったようだ。帰郷してからはヤミ物資と知りつつ、体の回復を図り、生への執着から、積極的に米やイモを食べていた。記事の中の「食糧統制法」は「食糧管理法」が正しい。法律のプロ、それも経済事犯を担当する裁判官が名称を誤るわけがない」。

†

時代が求めた美しいその「物語」が、荒廃に煙る闇を正義の光で照らしたのは確かなことだった。食物を求めて群れる人々の眠っていた心を揺り動かし、熱い火を灯したのは、「物語」を創ることのできた新聞記者の手に許される範囲のことだったのかどうか。

†

変質し続ける「戦後」と呼ばれた日々に連なって、誰も彼も、急ぎ過ぎの、等身の思想を置き忘れ去るなかで、私たちの創りあげたその希望の「物語」さえも、ついに持ちこたえられなくなる日々であったことを、失意に満ちたその「日記」の空虚な眼差しが語りかけてくるのだった。

†

語りかけてくるその「日記」に充満する拒否の言葉が重く、現在の「死ぬ」時代の飢餓の形を呼び戻している。

私たちの「希望」は、「明日」の明暗と不分明な世相の中にこそ垣間見えたのではなかったか。

9

「老夫婦、遺体で発見」(「読売新聞」94年4月20日付)

四年間、乗用車のなかで生活を送っていた六十八歳と六十四歳の夫婦が十八日夕、東京都江東区新木場の路上、駐車中の車内で死んでいるのが見つかった。死後一週間以上で、警視庁城東署は、病気か栄養失調が原因とみている。

「池袋で餓死の親子　日記数十冊残す」(「朝日新聞」96年5月11日付)

東京都豊島区池袋本町二丁目にある三階建てアパートの一階の部屋で、四月二十七日、七十七歳の母親と四十一歳の長男の親子が死んでいるのが、見つかった。池袋署などの調べで、二人は約一カ月前に栄養欠乏症で死亡していたことが分かった。老いた母は、部屋に数十冊の日記を残していた。通し番号のある表紙には「六十九」と記されてあり、その記述の最後の日付、三月十一日には「とうとう今朝までで食事が終わった。明日からは何一つ口にするものがない。ただお茶だけを毎日飲み続けられるだろうか。子供も私も体がきつくて苦しい。今朝、歯が全部抜けた夢を見たが、これは身内に死人がある知らせと聞いているので、子供が先に死ぬのではないかと心配である。一緒に死なせていただきたい。後に残ったものが不幸だからと書き込まれてある。四月四日の夕刊までが部屋に持ち込まれており、それ以後は玄関のドア内側で山になっていた。

「二十三区内　毎年十数人　飢餓状態で孤独死」(「赤旗」菅沼伸彦　96年6月19日付)

…によると、この八年間に発生した飢餓状態の孤独死約百二十二件のほとんどが生活保護を受けていなかったと、東京都監察医務院は指摘している。政府は、厚生省の123号通知（八一年）以来、「適正化」の名の下に、生活保護切り捨ての方向を強めて来た、と伝えている。

「孤独死　五年で二十人にも」(「赤旗」96年9月5日付)

東京都昭島市で、生活保護を受給している人の孤独死が、九一年四月から今年八月一日までの五年四カ月間で二十人に上る、年々増加の傾向にあることが分かりました。宇山ふみ子・昭島市議は「生活保護者をこれほど孤独死させておきながら、いまだに解決の努力を見せない市の態度は許せません。(略) 孤独死の問題は、国民の生存権を保障した憲法二十五条を軽視する政治の姿勢を端的に表すものです」と語っている。

「死者　七四名」(一九九六年六月末現在)

阪神・淡路大震災から一年半、仮設住宅で暮らす被災者で、人知れず死亡する「孤独死」が、兵庫県社会保障推進協議会の調査で明らかになった。五十代、六十代の男性にそれは集中している。調査に当たった事務局長の談話は「せっかく震災で助かった命が失われている。これは被災者の生活再建を保障しない行政による―緩慢な殺人―ではないでしょうか」と伝えている。

†

国連の「国際貧困根絶年」であるこの年の、わが国の一九九六年『厚生白書』は、それでも、「年金制度の成熟により高齢者所帯も他の所帯に比べて遜色なくなった」として、高齢者家族の生活をバラ色一色に描き出し、いっそうの負担増を推し進める方向を打ち出している。

詩集『歓びの日々』（二〇一一年）抄

Ⅰ　歓びの日々

約束

＊

逆光に曝されて浮かび上がる
眩しい風景が、
私たちのぬるい記憶を甦らせているね。

＊

病気にならなければ
百二十五歳まで生きられるという、
人間も含めて
この世の動物は、

性の営みから
生まれてくるまでの十月十日の確かな期間をかけて。
自然のいのちに囲まれて
生の形を次第に崩して行くのだという、
説得の力に押されて。
生命連鎖の中途に横たわる
死の姿の上で、
あるいは　仄かに暗いその下で
恋を語らい、性の悦びを唄い合いながら
明日へ向かういのちを
産み出していく。

＊

丸ごと包み込み
複雑な色を束ねた光を浴びつづける
地球のイメージは。

夕闇に漂う若いみどりの匂い。
心円に浮かぶ不気味な白い歯と、
風景を煌めかせる
アキノキリンソウのそよぎ。

私は
そのいのちを蓄えた身体のこの四肢の機能の恩恵を
巧み？
に動かして、
こころのリハビリテーションの歩行をカウントしながら
約束されていたのであろう
悦びの時を歩く。

人名索引

苦し紛れに、
思いついたことだった。

初めての評論集に付するための人名索引録を制作
している。
一九七五年〜二〇一〇年。
わずか三五年の間の時間のうちに、
要請されて書き綴った文章に流れているわたしの
時間が、
それでも
世界の時間と同調しているのがわかる。
パソコンのファイルに記録されている人びとの名
　前が
私の記憶の棘を刺激する
生きることは、
愉しい
か。
それとも苦しいのか
と。
「詩」の下に人を付する生き方の、
証左でもある
膨大な記録の類が、
今日の時間の泡を掻きたてているが。

＊

明日を生きるために
眠る。

夢の中でも
活き活きと連なって

名前の列は流れていくだろうか。

内は内の、

＊

外は外の風で満ちている。
グラスにたっぷりと
酒を満たして、
季節に関わる本が一冊。
私は
選んだ冬のことばの一節を借りて、
手紙を書き始める。
〈生きる〉に向いて。

＊

この世から
ある日消え去った弟のことや、
次第に隠れてゆく友人達のこと。
身体を病む人びとのこと。
戦争の風で、
時を次第に切り詰めている世界の人びとの
命運と
結び合うように、
機器に囲まれ、
チューブに繋がれていた
父の辛い面差しのことなど。

＊

外は外、
相変わらずの病んだ風に満ちている。

身に棲みついた、
因子不明の病の発する気が生みだす
時の計り方、
にバランスさせて。

内は内、
からのひるまない張り方が必要なのだと。

歓びの日々

＊

年末の、慌ただしい日々の襞を割って
画像付きのニュースが心に沁みこんでくる。
「お母さんのおなかの中で微笑んでいる様子を撮
影することに世界で初めて成功した。」

この胎児の微笑は
「自発的微笑」といわれ
人の笑顔に反応する
「社会的微笑」とは区別されている。

＊

何かを更新したいとだけ願う　私の
年明けの、祈りを新しく重ねる数日を過ぎても
その画像に含まれているという判別し難いその微
笑を
探るように
繰り返し何度でも脳裏に蘇らせて。

歓びだけではないだろう
明日の誕生までの
十月十日の流れる母と父と家族の日々に

寄りそう出来事も含めて
思わず声を挙げて
この世界に生み出されてきたのだ。

＊

その世界の日々を繋げる時間の貌は
この生命そのものである大地の上で
熱を帯びて生きている。
私のこころと身体が死に絶えて、
次第に、時間をかけて土に還っていくまでの日数
と
見事に照応しているのだと、
死の形態の法則を、改めて思い知らされる。

＊

その微笑は、
きっと、明日が生みだす物語を予告するために
私たちに送りつづける
歓びのプログラムなのだろうと。

Ⅱ　詩人の色

蛍光剤

＊

昨日も今日も
切り取った
出来事にマーカーでラインを引き
思想や政治決断や
小さなコメントの類にも
いちいちと駄目を押す日々から。

＊

大学病院で
眼底検査に必要な
蛍光色素を静脈に注射したのだが、

その見事な黄色
が
アレルギー検査の時に
次第に鮮やかに浮き上がってくるのをみて驚いた。

この皮膚の下には
青黒く見える血管と、
おそらくいつのときも
休みなく
流れているだろう血液の色は、
脈拍の数で、いちいち
恐怖を浮かび上がらせてくるものだ。

そこに注入される黄色い蛍光色
が、
巡りめぐって

眼の底の血管を
どのように映しだすことになるのか
本当は私が覗いてみたいのに。

ぼあっぼあっと聞こえる
眼底カメラのシャッター音の饒舌
を聞きながら
次第に肩の筋肉を固くして
レンズの中に入り込んでいった。

＊

おそらく、
何のためらいもなく
告げられる診断の、
その明日への心理テストを探るために。

詩人の色

二十年前に造られた詩集の装画にひかれて
再び手にしたが、三上修
とあって、その画家の業績は何一つ知らないのだ
が、
細密なそのタッチは心を落ち着かせてくれる。

詩人*の感じたヨーロッパの
夥しい死者を生んだ事件や
それらに纏わる記録の類に付随する歴史の色、
ワインレッドが戦争の色だなんて
平和な時代の詩人の誰もがしんじないだろうけれ
ど。

それにしても、

同時代の詩人・黒田三郎の詩は何色だったのか?
消し炭色
「日本の伝統色」の第五版にあるね。
命ごと燃やし尽くされたこの国の時代の色だとい
う
言い募りも成り立つかもね。

お別れの会のレイアウトに
大きな黒い蝙蝠傘は、
確かに眼に存在感を持って
大判の肖像写真の傍らに置かれてあったな。
ひらりと、灰白色の紋白蝶を
寒い空間に浮遊させたりもして。

日々の暮らしの

漣の立つ岸辺にも
遠い記憶に繋がる通信の連弾があったりもして、
心騒ぐ時の対処の方法を探ることもある。

ささやかな肉汁の滴る夕餉に
二月の通販の、ワインの色合いは
「熟した色調に、オレンジの照りがある赤紫色。」
ＡＣコート・デュ・ローヌ・ヴィラージュ　赤
品種の内容は、グルナッシュ60%、シラー20%、
サンソー20%
貧しさを愉しみ、苦みを舌に感じる間は
まだ、明日への感度が確かなことを認めてもいい
だろうかと。

＊　田村隆一。

一匹の真珠

開くと、
白い蝶のように見えるところから
シロチョウガイと名づけられた二枚貝の中で、
真珠になってしまった魚がいる。

カクレウオ科に属する
臆病な、片利共生の習性を生きる
ほとんど目に付くことが少ない魚。

約束されて海を生きるもののＤＮＡのままに
一個の貝と、一匹の魚が発見したことは
はっきりと説明できるものではないが、
確かに、一匹の美しい真珠を創ることだったと。

「この魚は貝の中に隠れながら生息するカクレウオの一種で、抱え込んだ異物を真珠質にする外套膜と貝殻の間に何らかの拍子に入り込み、真空パックのような状態で約一年をかけて真珠になったとみられている。」と報道記事は伝えている。

おそらく貝が、違和の中で発見したのは、
自身の傷を回復するための営みだけでなく
たゆたう海の働きをそれぞれに生きて、
お互いの心の奥に届こうとする快感ではなかったのか。

わずかに死の兆した瞬間に身じろぎをしたのであろうか
一匹の真珠の姿はゆるやかで、
次第に全身を覆っていく真珠液の輝きに満たされる
めくるめく想いの中にいたのではないかと。

何よりも、思いを強くするのは
発見されたシロチョウガイが一個ではなく、
真珠魚が一匹ではないことに
その真実の意味が隠されていると。

＊「読売新聞」２００４・10・12「一匹の真珠」から

シャングリラ　――ユートピア紀行

＊

いつの頃からか
手がこころに追いつかなくなってしまった。

ヨーロッパでも
この国でも
それは同じことのようだ。

名器・ストラディバリウス。
備前長船の名刀。
その後の時代を生きる者の手が
それに並び、超えるものを
何故、新たに創りだせなかったのか。

＊

夥しい数の手稿を生み出しつつ
思索と
好奇と
修練と
そのこころから伸ばした手の
創りだした　数々のかたちが、
私の眼前に、放り出したように置かれてある。

レオナルド・ダ・ビンチ。
死の時まで、手離すことのなかったという
未完の肖像画
「モナリザ」。
その謎の笑みの浮き出して静まっている風景こそ
求め続けた　彼の
シャングリラ　そのものではなかったか。
と
わたしは思い至るのだ。

＊

創るもののための、
最適な材料と
求め続けるこころが、
ゆったりとたゆたう時が
時代の息吹と、
確かないのちの形象を産み出すのだろう。

伸ばしたその　こころの手によっても
彼の
シャングリラ
には、なかなかに届かなかったということなのか。

手稿の自在な描線と
連なっていく鏡文字の流れ、
深く色を重ね続けて
一枚の木の葉に伝わる
いのちの揺らぎを求めて。

大いなる風景の変幻する
シャングリラ
に、なおも
慄きながら対していたのだろうかと。

＊

わたしのこころと手は
今日も
見えない基板類で構成されたハードディスク
に導かれ、
頭脳の命ずるシャングリラ。
明日の運命へ連なるタッチを
確かに　進めていると思うのだが。

納骨

人の身体は二百本の骨でできている
思想も観念も
組み立てられた骨を使って
そこからどう歩き出すことができるかなのだ。

代々木には、創作骨壺を商う店があって、

有田焼や九谷焼の高名な陶工の銘のあるものなど
美しい骨壺も展示されていて、
自分の骨の収まり具合など吟味したうえで注文できる。

念を入れると、生前に、日本文芸家協会に入って
小さな「文学者の墓」の権利を買い
自分の代表作「○○○」を空白のままに
彫り込んだ名前だけを朱の塗料で埋めておく。
準備万端整ったところで、
未完の代表作を生み出そうという仕掛けだ。

そうして、毎年墓前での手習いの所作を
念入りに私は重ねることもできるが。
その瞬間は　ふいに訪れる。

異常気象のニュースを押し分けて
花便りが素早く北上していくなかの、

赤羽保健所通りの桜並木は
今年も見事な形容《かたち》を見せていたな。

突然に、この世から消えてしまった妻の
七七日忌の納骨を
花の咲き競う五月、北の街の墓地で済ませた
無名の白い骨壺に納めて。

そのあと、
滝川の松尾本店に寄り
近親の者だけで
煙に巻かれながらジンギスカンを食べた。

テーラー

捨てられない服がある。

＊

言うままに
ベテランのテーラーが
貧しいアパートを訪れてきて
あっという間に採寸していったのが、
結婚式の少し前だった。

＊

少し前に亡くなった
俳優が、
追悼ドラマ「ディア・フレンド」の複雑な心理を
演じていたが
どこか素直に腑に落ちていたのだった。

老いたテーラーの
仕立てた洋服が
何人の人々の心を浮き立たせ
幾つの家族の物語を彩ってきたのだったか。

＊

遠い時を重ねて
私も
いつかは誰かの
こころに自然に届く仕立てのできる
言葉の職人であったのか、
仕事の問われる年齢になっているのだね。

＊

時代は
世界の明日を食い尽くす

「新自由主義」の
グローバル化という世界基準の怪物が
覆い被さる
日々に消費されて、
こころも身体も
加齢の時日にあえいでいるが。

＊

捨てられないでいる、
テーラーの仕立てた礼服がある。

手を振る

＊

そこに燃え残る夕陽があって
静寂に鎮まる
草の原
が
赤くそよいでいる。

暗い影になって
トンボが
草から湧いてくるように
群れ飛んでいて
手にした
武器は
刀？
のように殺意の
意思を
煌かせている。

縦に振り下ろす。
横に薙ぎ払う。
斜めに払う。

飛び散る。
草の穂。
草の葉。
草の茎。
散乱の
草いきれの中で
沸き立つ
悲鳴！

赤トンボの胴体が千切れ
羽根が飛ぶ。

手を打ち振るのは
理不尽な貧しさへの
怒り？
諦め、
判らないままの衝動が

無数のいのちの
散乱を産んで。

＊

暮れ残る夕陽に
顔を染め
遠い時のスクリーンの中で
こころを
武器の形に伝えて
手が振られ続けている。

＊

次第に
静まる風景のなかで
影絵は浮かび上がらせている

明日に
手を振るように。

冬の研究

＊

いきなり殴られると
何かが分かったような気がする。
一歩二歩　遅れて、
私は何かをしなければならないとおもうのだ。

＊

サブプライムローンの破綻からリーマンショック
へと
属国を吹き散らすような風に叩かれる経済は、
見事に、新型の病気に感染して震えて見せる。
崩れ去ったのは
抜け殻で、
儲けを吸い取ったあとの妙に白々とした風景が広
　がっている。
冬の時代の冬に
コートの襟をたてて、
遠耳で
思想家・レビィ・ストロースの一〇〇歳の死の報
　を聞く。
この世界も何かが終わり、
そして何かが始まっているのだ。

＊

これまで
分からないように殴られ続けて
馴れに慣れてしまって
今ではそれが当たり前のように
敗戦の空気だけが周囲に漂っているのだ。
でも、生きているのだと思う
私にも感情というものがあって、
ベースボールクラシックの連続優勝に

イチロウがはしゃいでいたのも
春のことだった。
押し込められた想いが発してしまう気のようなも
のが
涙と怒りとにほだされて
同調しているだけではないのか。

＊

この国の、歴史と文化、
を見続けて流れ続けている河の両岸のテラスに
は
住人として、認知されていない　青いテントハウ
ス。
常に無視するもの、排除しなければならないもの
の存在が
ある時は認知され、
それ以外は無視されて存在しているのだと。

詩集『マー君が負けた日』（二〇一四年）抄

I

マー君が負けた日

＊

ヤンキースの田中将大《まさひろ》投手は
この日カブス戦に登板。
開幕七連勝（日本からの通算三四連勝）を続けて
いたが、
突如降り始めた雨でぬかるんだマウンド。
スプリットの切れが悪く八安打で、四点を失って、
六回で降板し、
大リーグ移籍後

初めての敗戦となった。[*1]

＊

定期検査のために停止している関西電力大飯原子力発電所三、四号機について、福井地裁が運転再開の差し止めを命じる判決を言い渡した。原発の周辺住民らの訴えを認めたものだ。[*2]

＊

米軍機や自衛隊機の爆音被害に苦しむアメリカ海軍厚木基地周辺住民が国を相手取り、飛行差し止めと損害賠償を求めた第四次厚木爆音訴訟で、横浜地裁は、自衛隊機の夜間の飛行差し止めを命じる判決を出した。全国の基地騒音をめぐる訴訟で、飛行差し止めを命じる判決は初めて。[*3]

＊

元ビートルズのポール・マッカートニーが、都内の病院に入院していることが分かった。ウイルス性炎症に罹り、下痢と嘔吐の症状に苦しんでいるポールは都内のホテルで静養していたが、前日精密検査を受けた病院に、大事をとって入院したという。日本公演の全てと、今月二十八日の韓国公演の中止も発表された。[*4]

＊

劇作家・演出家で、劇団「青年団」主宰の平田オリザが改作を含む短編四篇を上演する「平田オリザ演劇展VOL.４」を三十一日から六月十五日まで東京・こまばアゴラ劇場で開く。初上演のロボット演劇第一作「働く私」は、ロボットを俳優として出演させ、働く行為を通して人間の存在意義を問うものとのことである。[*5]

＊

アメリカ海軍は自立型ロボットの研究開発に資金援助を行っている。人間を思いやる気持ちをロボットに持たせるまでには長い道のりがあるかもしれないが、逆に、人間がロボットを思いやるのはそれほど困難ではないはずだ。日本の宇宙飛行士、若田光一が、国際宇宙ステーションで仲間だったロボットに別れを告げようとしている動画が放映されたが、それがその証拠だと。[*6]

＊

アメリカ軍の無人偵察機「グローバルホーク」が今月下旬、三沢基地に配備される。自衛隊も来年度以降、同型機の導入を進める方針で、北朝鮮や中国などの動向監視のため、国内でも大型無人機の本格運用が始まる。日本の航空法では無人機の位置づけが明確でなく、運用ルールの整備は急務だ。[*7]

＊

マー君の超人的な記録は途絶えたが、楽天のチームメートだった右腕ラズナーが、アメリカメディアのインタビューに答えて、「田中はブルドッグ」だと語っている。ロボットにはない勇猛で粘り強い性質をあらわすほめ言葉である。[*8]

＊　参考文献　1「赤旗」　2「読売新聞」　3「産経新聞」　4「産経新聞」　5「読売新聞」　6「産経新聞」　7、8　NSMトピックスの記事から部分引用、部分改変、削除を加えている。

グラウンド・ゼロ異稿

＊

特別なことばかりの続く日
の朝、
あいにくニューヨークは雨模様。
重い空に　鳥の姿はなく、
霧に煙る滑走路には巨大な鳥の形が駐《とま》っていた。
雑多な視線が不思議に行き交い

群れた取材陣のカメラの砲列と鋭いマイクの塊の
中を行く。

あの日のあの時間に、
グラウンドの上空に暑く輝いていた陽の下で
頭を垂れ　黙禱を捧げた日から、
どれだけの時間が経ったことだろう。

雨の中で
何物かが黙って静まっている中を、
高校生たちを乗せた
観光バスが走っていく。*

雨の中で
遠くに見え出したヤンキースタジアムの
歴史とメジャー・リーガーについての案内の言葉
に

沸き立つ歓声、
身を乗り出すもの、目と目の多くが注がれる。

一つの都市の、
平和の内部を進行しながらの喧騒にまみれたドラ
マが創られている。

＊

飛行作戦に選定された目標に、正確に爆弾は届い
たと報告書の類には記録されている。
地図からは消えない二つの川の交わる地点、人の
命とあらゆる生物の命、建造物のことごとくを一
瞬にして消失させた原爆の爆心地点のことを
「グラウンド・ゼロ」
一挙に、死者一二万人の（その後の緩慢な、ある
いは残酷な歳月を生きた死者一〇万人以上）と名
付けたのだ。
真新しい標識の杭には、確かに、そう記述されて

いた。

無差別大量殺戮の証かしの墓碑になることなど考えずに。

＊

国家の富と権力の象徴の高みの威容を誇っていた、

「ワールド・トレードセンター」。

最新のインテリジェントな機能の集中する現代のバベルの塔は自らの拳の力を捻じ曲げられ、自らの拳の力で突き崩され脆くも崩壊してしまったのだが。死者の数六千人？

真新しい記念碑の類が建てられ、日々に更新される鎮魂の花と香の満ちた空間に、復讐と憎悪を越えようとする「平和の灯」の良心が燃え、語られるべきいのちの言葉が生まれているのに。

一方で、悪意の頭脳と手練によって、命名され建てられた碑のある場所が、

「グラウンド・ゼロ」だと。

言語の貧しい英語の生理によっても、自らの理性と科学による命名に重ねられた罪障を、姑息にも塗り替えようと意図された、理不尽な命名。

＊

特別なことばかりの続く日、
あいにく
今日のニューヨークは雨。
マンハッタン島に向けて
一台の観光バスが走っている。

この国のマスコミの言葉は、
ベースボールの聖地から
ワールド・トレードセンター跡地を訪れた
この国の高校生の動向を、
「テレビ朝日」の現地派遣のレポーターは
高揚した声に乗せて、

「グラウンド・ゼロ」

を鸚鵡のように繰り返し伝えている。

＊ 全日本高校選抜チームは、八月二十九日、日米親善試合に参加するため米国ニューヨークへ向けて出発した。

パロマレス

＊

気の押し溜まった日々
「アンダルシア」

映画のＣＭに流れる風景と地名の帯びた響きにつられて、

「風景を観に行く」

といって出かけてきた。

黒木メイサという女優の演技の一挙一動と
物語の車窓に映る風景は
確かにスペインのものだ。
スクリーンへの放射の光のなかで暗いトリックもあって
終演まで
飽きることのない明るい風景を眺めていた。

＊

アンダルシア州パロマレス
一九六六年一月
B52爆撃機とＫＣ１３５給油機が上空で衝突
爆撃機は四個の水爆を積んでいた。
三個の水爆は地上に落ち
二個は起爆用の火薬が爆発。
破損した爆弾からは放射性物質プルトニウムが飛散した。

丘の上では何かが青く燃えていた。

一個は海の底に沈み、後で回収された。

米軍は現場周辺の表土一七〇〇トンを回収し、米国の各施設に運んだ。東西冷戦のさなかのスペインはフランコ総統の独裁体制下。人口五〇〇人の小村で起きた事故に関する情報は厳しく管理された。

＊

スペイン南部の開発の進むリゾート地
アンダルシア州パロマレス
事故の後四五年
人口二五〇〇人に増えている。
海岸では別荘やゴルフ場の開発が進み
青い海を目指す英国やドイツからの観光客が訪れる。

＊

二〇〇六〜八年、スペイン政府は墜落現場の周辺の土壌を調査し、
国の規制値を上回る高濃度のプルトニウムを検出。放射線量が規制値の四〇倍に上る地点もあった。さらに地下五メートルにまで達することが判明した。政府は四一ヘクタールを使用禁止区域とし鉄柵で囲った。科学省エネルギー環境技術研究所のテレサ・メンディサパル顧問は「農作物焼却や宅地開発により灰や土が飛散し、汚染範囲が広がった。」と指摘。「飛散したプルトニウムのうち五〇〇グラムが回収されず、今も汚染された五万立方メートルの土が残る。わが国に処理能力はなく国外移送が必要」と訴えている。

百年を棲む者

＊

一〇〇年、「とのことである。」と物語は繋げられ
ているが、
歴史を記録した石碑を巡って、幾つかの物語が浮
かび上がってきている。
隠された真実というよりも、忘れさせられた史実、
を丹念に探る人がいる。

＊

「北韓大捷碑」（有明朝鮮国咸鏡道壬辰義兵大捷碑）
戦後の闇、靖国の森の中で、
平和を取り繕おうとした意図のもとに生まれた白
鳩の、糞に白くしろく塗れて
永らく放置されていた碑は
数年前、韓国人の返還運動によってその所在が知
られることになり
その後は、目立たない場所に整えられていたが。
二〇〇五年一〇月、韓国に移送され
新国立博物館で一般公開展示されて
二〇〇六年三月、建っていた北朝鮮の咸鏡北道吉
州牧臨溟駅に戻され、復元式が行われたとのこと
である。
当然のことであろう。
「十六世紀末の豊臣秀吉の文禄慶長の役の末期、
加藤清正の軍に立ち向かい勝利したとされる民兵
を顕彰するために、百十余年経って後に建立され
たもので、日露戦争後、日韓併合直前の一九〇七
年に日本軍が戦争土産として持ち帰ったものとの
ことである。」
明治天皇が皇居内に設置し意匠、陳列までことご
とく案を出したという
「振天府」＊と呼ばれた場所には、
何があったのか。
「大東亜共栄圏というアジア統合計画のための軍
備力が、庶民の暮らしをどれだけ貧しくしていた
のか。明治天皇に始まる尊王攘夷の思想が、西欧

列強国の物真似の外国侵略を正当化していたのは否めないが。一人の王の名に於いて、計画が立案され、具体的な戦闘行動に結びつき、軍人、軍属、従軍看護婦、従軍慰安婦、軍馬の生命を左右してきたのだった。」

歴代の天皇がその戦利品に満たされた「振天府」という建物の御休所で
どこの軍が、
どこの作戦地から、
何の戦闘で分捕ってきたのか、と
凱旋司令官の説明を求めながら、
膝を乗り出し、眼を輝かせていたことを想像することは容易いことだ。

「戦後は廃止され、戦利品は関係各国に返還され、現在は倉庫として、天皇の所有物や宮中儀式の用具が保管されている。」
とのことではある。

だが、碑が靖国神社境内に秘かに放置される前、一度は
「振天府」に搬入されたのは間違いないことであろう。

これは、戦利品というよりも、神国日本の軍人の敗戦の痕跡を消しさることを目的としての、持ち帰りというべきかもしれなかったのだ。敗戦によって、軍の管轄から一宗教法人になった靖国神社に秘かに運ばれたのは、朝鮮民族の報復を恐れてのことだったとも考えられる。

＊

時折の報道によれば、今の天皇は、皇居内の一角、誰も立ち入ることのできないその動植物の天国を、人数を限って開放しているのだが、本当に開放してほしいのは、安全に保護されている草花、昆虫、小動物だけではなく、東京の中心を占める真実の地勢図と建物の姿なのだ。

＊「振天府」は天皇のための日清戦争時の戦利品展示場で、その存在は、神宮外苑絵画館展示の「振天府」の絵などで類推することができるが、戦争毎に「建安府」（日露戦争）、「惇明府」（第一次世界大戦）など五つの施設にわかれて皇居内に設置されていた。

骨を喰らう

＊

千鳥ヶ淵に春が来て
水面に向かって枝垂れる染井吉野の絢爛なひと時は、
この国の人びとが季節を
確かに生きていることの証左である。

通りを隔てた
嘗ての特別官幣神社の、
境内にも
見事な桜は咲くのだが、
祭神は御霊という目に見えないものだ。

＊

「千鳥ヶ淵戦没者墓苑」＊は、
国立の無名戦没者の遺骨を納め祀っているところだ。
外地での死者、軍人・軍属二一〇万人、一般邦人三〇万人。本土七〇万人と言われている無名の死者の遺骨が収集されてきた。
神社との関わりで問題が起きる度に、
その意味も在り様も微妙に変化させられてきた。

＊

厚生労働省内の霊安室。
木製の棚に、直径一九センチ、高さ二二センチの
白い骨壺が整然と並んでいる。

計「一万五二一三体。」
厚生労働省がＮＰＯ「空援隊」に委託して収集し
たフィリピンからの遺骨である。
省の検証報告書によれば、日本に送る前にＤＮＡ
鑑定をしたところ半分はフィリピン人に多い型と
のことだ、中部のミンドロ島では九八体の骨の盗
難届けがでているとのことである。

＊

いのちを粗末に扱う最たるものは戦争である。
お金で骨を集める者たちもいるのである。
骨を盗んで売る者もいるのである。
この国には、
骨を喰らう者らもいるのである。

＊ 太平洋戦争での外地での戦没者二四〇万人のうち
一一三万人以上の遺骨が未収集。

Ⅱ

BODOKO

＊

実用ではない布のことを
「襤褸」と書くが、
私はこの漢字を
作品では一度も使ったことがないはずだ。

貧しい時代の、
貧しい暮らしに貼りついた
この形容詞は、
あまりにも身近でリアルに過ぎたからなのだろう
か。

日常に身に纏う衣類の、
その繕いの形は
差別の目を釘付けにするものだったからだ。

＊

青森の風土に吹きつける
過酷な気象から、
いのちを産み守り続けてきた
「ボドコ」の、
暖かな布の連なり、
暮らしの繕いの厚い重なりを見た。

それは、「襤褸の床」なのだろうか。
でも、そこには
過酷な風土の中で、いのちを繋ぎ続けてきた
何世代にもわたる
暮らしの知恵の形が
豊かにふくらみ暖かさを見せている。
キルトの精神にも繋がるのだろうか
手作業で、一針ひと針と
確かに運ばれた糸の痕を残して一枚の布に結ばれている。

＊

いのちの明日を産み育んできた
そのものの命名、
「BODOKO」。

「襤褸」の昨日から、
「BORO」の明日への表現は、
今日を生きる強さから生まれるものだろう。

風のひと

あれはいつのことだったのか
はっきりとは覚えていない。
日を包みこんだ
季節の声が聞こえていたな。

取り入れの終った秋の
風のふいに止んだ日の午後、
遠い地に住む親戚だという、
聞き覚えのある名前を名乗る男の
突然の訪れに驚いたことを。

近場に点在する身寄りの人たちが集い
酒が振舞われ
笑顔とハレの日の声が飛び交い、
押し溜めていた言葉から漏れ出してくる
一族の盛衰に繋がる
生死と
希望の日々に届こうとするための
歌声が、そこにあった。

北の国に住む貧しい人たちの
心とこころが寄り添い、
温もりの火が赫々と燃えて
照り映える顔に
小さな明日が捉えられていた。

人は、希望を見なければ
一瞬の魔を越えられない。
誰の名を借りたとしても
誰かの日々を映した

世界を騙る者の出現であっても。

幼い眼の中で
汚れた今日の衣が、
陽に晒されて
白く輝くことがあったように。

翌日の朝
早い旅立ちの人は、
私の起きる前に
風のひととなっていた。

冷たい風が
吹き募る寸前のことだった。
その日、白い羽虫たちが
陽を煌かせて群れ踊っていた。

冬の社宅で

＊

遠く聞こえてきたのは、
狭い社宅の部屋に届く貧しい暮らしの中に刺さり
こんでくる明日への絶望だったな。

石狩川の蛇行する流域に住む人々の、常に遅れて
やってきて、その先も決して取り戻すことのでき
ない時間を生きて、時代の先には進んで往くこと
ができない、厳しい風土を見詰めるだけの停止し
た日々を生きる人々の側で。

小都市の、公安警察の遅れた点数稼ぎの捜査は、
活動家の自転車の荷台からの置き引きさえやらか

していたのだが、暗い風土の空から降り落ちる光は、明日を呼び戻そうとする者たちのそれさえも生への希望を生む新開地なのであった。

想いに届かない心を横にしていると、
さむざむとした宗谷本線を北に昇っていく長距離列車のあえぎが、深夜の闇の底で、時間の震えに同調しているように感じられる。
小熊秀雄が冬の旭川を目指している。
滝川。
石川啄木を乗せた長距離列車が、
地図の上で右に曲がって。根室本線。希望を託した釧路への道を急いでいる。
鉄路の傾斜に車輪を軋しませながら、
時間が、少し遅れて
ドッドッと音の勢いが曲がってゆく。

＊

雪の降りしきる本線の脇を歩き、第一小学校、一の坂への登校の歩みをしているのは
葵生川玲　確かに私だった。
昭和二十八年に降る深い雪は、列車の響きと吹き上げる蒸気の熱い匂いを消してしまっていたが、
無理やりに、物語の中で
蘇らせているのは、二人の詩人の、明日への希望だけだ。

雪虫

旅立ちの日に乱舞していた
白い虫の煌きが
私に与え続けてきたものは何だったのか

四十数年前の秋の日の

北の街のプラットホーム
父がその場で外して手渡してくれた腕時計が
何度も　質屋の暖簾を潜りながら
辿りきれない記憶の向こう側で
貧しい日々の物語を計りつづけていた

辛うじて支えていたのは
それでも　何事かを自身に課すること
具体的な何事かを己に課し続けること
そして生きること

季節外れの陽気に照らされた
祝祭の日のような
首都の高架のプラットホーム
秋の日の逆光の煌めきのなか
白くしろく　群れ飛ぶものがある

（『資料・現代の詩２０１０』日本現代詩人会編）

だし

夏の盛りになると
思い出すことがある。

もう、二十年余りの時が過ぎたのだろうか。
小さな建売りの家に入った時
周囲のわずかな空間のすべてに
砕石を敷きつめてしまったのだった。

小さく区切られた土地の
初めて陽の光に晒されて
萌え出す
命たちの激しい勢いを恐れたからだったろうか。

名の知らぬ草や木
雑草の類の緑にも
心乱されることを知っていたからで。

夏の盛りになると
思い出すことがある。

詩集のお礼だといって
山形の「だし」の作り方のメモと一緒に
自家菜園のものだという野菜を
段ボール一杯に送ってくれたのだった。

「切れる包丁で小さく刻み
醬油をかけて
すばやくかきまぜて
あついご飯にかけて、もりもり食うべし」

野の詩人の書いた
極太万年筆の達意の文字があった。

それからなのだ
自らに禁じていた緑への接近を解いたのは。

Ⅲ

赤埴《あかはに》

遠くを凝視るのに
格好の場所がある。

赤羽台古墳の、
遺跡の表示のあるところだ。

風が、ゆっくりとすり抜けていく。

周囲には、遺跡の上に
建て替えたばかりの高層団地群が
新たな人間の生活をスタートさせたばかりだ。

夢の裏側には
千年のカタストロフを生き抜いた人たちの
欠片《かけら》になった記憶が残される。

遠くを凝視るのに
格好の場所がある。

「赤羽」地名の由来は
ローム層を縦割りにした崖が多くあって
紅い土が露見しているが、
この赤土を意味する赤埴《あかはに》が語源ではないかと言わ
れている。

「川の岸辺で、岩淵」
「その川下で、志茂」
「その小豆沢から小豆のから袋が流れ着いたので、袋」
「川の洪水で低地帯の稲穂が流れ寄せたので、稲付」
単純に過ぎる解説のある文章は信頼にかけるが、
それら水の地名に
対応するのが
武蔵野台地の北東端に位置する
赤羽台古墳のある地だ。

遠くを凝視るのに
格好の場所がある。

赤い羽根の形に染まって遠くまで広がっている
水の姿だ。
明日を望む風景の名づけ方である。

古墳脈　――台地にて

東京低地と荒川低地を
遥かに見渡せる武蔵野台地の北東端には
赤羽台古墳群がある。

地には
こんもりとした盛り上がり
旧石器時代から近代までの
人びとの暮らしの痕跡
耳環、鉄鏃、直刀、切子玉、土師器、勾玉など。

円筒形埴輪、家形埴輪、人物埴輪、器財埴輪など。
祀るために選ばれた石材や埴輪が供えられ
石室に敷きつめられた礫の上には
白い貝殻が。
冬の陽が白く差し込んでいる。

十条古墳。
飛鳥山古墳。
田端西台古墳。
台地に連なって古墳脈と命名されたところから見
えるのは、
海だ。
幻の海だったところに靄のように
浮かんでいるのは
ただの雲だ。
海の恵みの痕跡は
夥しい層を創る貝塚となって残されているが。

千年のカタストロフを越えて、
「戦っているうちは、
　負けてはいないのだ。」と。

岩槻街道と呼ばれた
細い道は古墳脈を結んで
いのちの道となって今を生きている。

富士塚

＊

東京都北区中十条の
旧岩槻街道沿い
スダジイの巨木の緑の中に
十条富士塚と呼ばれる大きな土盛りがある。

石組みの登り口もあって
庚申の石碑や登山記念の石の掘り込みや寄進の板碑などが建てられ、
江戸期から続く盛んな富士信仰の形がのこされている。

＊

武蔵野台地の縁りの縁り、
を伝う古墳脈の道の、
片側には、隅田川、荒川が東京低地を割って流れ
その先には江戸湾が広がっていたのだろう。

さらに、びっしりと低層の建物群に埋め尽くされて
僅かに高さを感じさせる
富士塚の頂上から望む富士山はいかに美しかったのかは、
いまも鮮やかに想像することができるが、

生き続ける「不二」への憧憬は
富士学院、富士印刷の
あやかりの名称だけでなく、
古墳にまつわる伝来の謂れを怖れない
今生の安寧と明日への強い希望が、
円墳にたかく高く土を盛り上げるものであったと。
ひとりひとりの日々の暮らしに
火を灯し、
はっきりと見える恩恵の現世の形を伝えたのであろうか。

＊

ささやかな江戸庶民の暮らしから、
時代を継いで、
日々への想いを開いて
それは
「世界遺産」登録の願いへと繫がっていくのだろうか。

現在地

わたしのスマートフォン
は、ＧＰＳがＯＮになっている。

それほど
自分の現在の位置に不安を覚えているわけではないが。

長年の群れない生活のしこりが
孤独の歓びから
わずかに浮き出していて、
日々の事件や世界の動乱の叫びや怒りに
作られた思惑の紛争に痛めつけられた人たちの心

に
同調するものがあるのだ。

消えて跡形もない地図には
鶴が丘湯の一画に立ち並んだ家と
今は代替わりになっている家々の家名が記されているが
「棟上げ」工事の知らせが
投げ込まれたチラシに有って、
五年以上前の古い地図帖は、何を失い、何を残して、
現在に向かっているのか
家々の生活の現在地がそれぞれに違っていて、失われたものをあらわにしている。
それでも、新参の私の現在地はここにある。

微妙に、
ゴミ捨て場の位置がずれて
日常の朝の挨拶が揺れたりもするが、
カラスの日常の暮らしとの接遇が、新しい日々の
緊張の時間を生み出したりもする。

確かに、
スマートフォンの地図には、
矢印の記号が立ち
「東京都北区赤羽西四丁目十六番地五号」と青い
プレートの地番表示が、塀の一角にも、
郵便受けにも貼り付けられている。

スマートフォンの
私のGPSはONになったままだ。

未刊詩篇

地名に死者が隠れている

1　興南、元山、大連、樺太、シベリア

何んということだろう。

＊

この国の首相は、
初のアメリカ訪問の
両院議会で演説をしたと伝えるテレビ画面で、
得意満面の顔を映している。

＊

二〇一五年五月一日、この日の巨大新聞には、
「置き去りの歴史に光」と題して
厚労省の公表した
夥しい死者の名簿が掲載されている。
●
やー、
…などと漢字とカタカナ混じりの並んでいる名前
の列は、
ロシア側の元資料でも判読できないものだ、微細
な漢字やカタカナ文字がびっしりと
新聞六ページに渡って続いている。
強制抑留、
長期間の過酷な労働、
による
死亡者の名簿。
興南（北朝鮮）▽フドマダ・ミナミ▽フクシマ・
ケササヌ▽スダ●●●▽シモノバレ・カギオギ▽
タミダハラ・ヒデマシなど漢字名カタカナ名混じ
りでほか多数。

元山（北朝鮮）▽ナガミ・シュデュチ▽ミヤソモ・ノリタキなどすべてカタカナ名で一一名。

樺太（現サハリン）ウチムツラ（ウチムラ）・マサオ▽ユイガワ（シガワ）・ミツグ▽サカイダ・エイチ（ヨイチ）ほかすべてカタカナ名で多数。

シベリア（旧ソ連抑留者名簿（露地方機関保有資料）▽クバト・フジオ▽サトリョ（レオ）スケ▽ナカガワ・キチョ（チェ）▽サホダ（サコダ）・ユリサフ▽カヂタ　キイシ▽アキキサ　シュン（スン）ほかすべてカタカナ名で多数。

大連（中国）▽ニシダ・アンジ▽ナカムラ・シイナ▽イオハガ・サキコ▽スガイ・リンレイほかすべてカタカナ名が多数。

個人別登録文書（医療関係書類や死亡証書、埋葬証書などで死亡者と判断された人たち）▽アイカハラ　ジュイト▽アズマ　ー▽アダティ　ヒオシ▽イケガシイ　ー▽カイケダ　キンザイ（キンゾイ）ほか漢字名も含めて多数。

戦後、五七五〇〇〇人の日本人が旧ソ連によって連行され、五五〇〇〇人の命が奪われたが、それ以外にも強制抑留による死者が存在したのだ。日本政府は一貫してシベリア抑留者への対策を優先して、

「日ソ共同宣言」で賠償請求権の相互放棄をきめてから　シベリア抑留者に慰労金や特別給付金を支給する「平和祈念事業特別基金法」や「シベリア抑留者特別措置法」が成立。注目を集め続けてきたが、シベリア以外の強制抑留死亡者については、日本政府は名簿の存在すら公表してこなかったので、七〇年の間、身元調査が進むことはなかった。

ロシア政府から提供された資料の特徴は、北朝鮮

の興南や樺太の真岡の民間人が多く含まれている
ことだ。シベリア以外の他の地域、朝鮮半島北部
や南樺太、大連、元山、モンゴル、カザフスタン
の強制抑留に関する文書も残されている。
その実数は未だに不明だが、
今回公表された名簿の中には、五二六五五人との
ことである。

何という死者の数だろうか
今となっては、
「捨てられたとか」「売られたとか」「置き去り」
とか言っても
あの戦争で、死ぬことになった人たちの、
一人ひとりの生を支えていた命の系譜をつなぐ
名前の一つずつなのだ。
「公表」という、何か官僚の手柄話のような発表は、
大戦後、七〇年という気の遠くなるような歴史の
時間を越えてきているのだ。
その名の一々には、驚くべき不明が晒されていて、
背筋の寒くなるのをとめられない。
本質は、これまで
本気で遺骨を収納する努力もしない、むしろ
意図的に隠されてきた事柄だからだった。
遺族や国民は、
政府とこの国を牛耳ってきた資本の
不快で不誠実なやり方に対する怒りを、
七〇年前の敗戦に続く政府への厳しい戒めとし
て、
ここで改めて見届けなければならないのだ。

2　ネパール

ネパールの大地震が起きて

日々に、死者の数が報道される。
二〇〇〇人
人々の悲しみが追いつかない。
三〇〇〇人
救援物資や食料が届かない。
救助隊が現地に入れない。
四〇〇〇人
切れ切れの、滞在の登山家や外国報道機関の情報
が伝えられる
五〇〇〇人
どこまで被災の拡大があるのか
一〇〇時間を越えて救助者が相次いだが。
ついに、六〇〇〇人
日々に死者の数が積み上げられていく。
明日は、どれだけの死者が数字を膨らませてしま
うのか。
五月四日の報道は、

七二〇〇人
五月一〇日には、
八一〇〇人
すぐ後には、九〇〇〇人を越えたと報じている、
知ることのない、知らないままの名前の数が。
それにしても、
この日々の数字は、誰に対しての報告なのかと。

＊

3 沖縄

沖縄セルラースタジアム那覇の
スタンドをびっしりと埋めた三五〇〇〇人。
大会カラーの海をイメージした
色鮮やかな「青」の色で埋まり
知事の発言「辺野古に新基地は作らせない。」
生きている人の表情に

同意の波が広がっていく。

＊

青い海の色を背景にした
県営　平和祈念公園「平和の礎」には、
日本兵、
と日本兵になっていた朝鮮人の兵士、
日本兵にされていた台湾人の兵士、
日本人である沖縄の男と女、
動員された学生たち、児童生徒とこどもたちも含
めて、民間の人たちの名も。

空から、海から、航空機で、さまざまな艦船で
海を埋めつくし、上陸用舟艇で海兵隊が
戦闘用車輛や戦車を使って
攻撃した米軍の死者一二五二〇名。
沖縄戦で死者となった人二二五〇〇〇人
英国。
米国。
韓国。
北朝鮮。
中華民国。
それぞれの国籍ごとに、
戦死したすべての人の名が、
海の見える岬の
平和の礎に、
確かに刻まれている。

一つ一つ名前を刻むことによって
命の尊厳を改めて確かめるのだ。

この「戦争」そのものによる犠牲者として。

（「詩人会議」二〇一五年八月号）

解説

『空』の発見

―戦後詩に加えるもの、引くべきもの

みもとけいこ

　初めて葵生川玲氏の作品に接したのは、私が詩人会議誌の「自由のひろば」に投稿を始めた一九八〇年の暮れ、その前の一年間、詩人会議誌の読者であった頃だった。何という斬新な文体だっただろう。散文体であるのに、硬質で強靱な意志の力に満ちていた。しかしながらその密度において、詩としか呼びようのない作品群。私は今まで読んできた、外国の古典と呼ばれるもの、日本の近代の遺産、そして当時日本の現代詩壇で隆盛を極めていた言語至上主義という流行の文体、そのどれにも属さない葵生川氏の作品の可能性に惑溺した。たぶん詩集『冬の棘』や『夕陽屋』にまとめられた頃の作品群だったろう。

　この頃の事を同じ「飛揚」の同人であった柴田三吉は「世界という細密画」というエッセイで、次のように振り返っている。

…私が受けた驚きとはたぶん、詩が私性を越えて世界のあらゆる実景を描写しきることができるのだ、という発見だったろう。描写が抒情に屈することなく、理知の視線を維持し続けることはたやすいことではない。

　私たちはどこかで、支えきれないもののために、抒情に助けを求めてしまったり、あるいはそこが終着点であるような錯覚を持ちやすい。そのために私たちの表現は、思わせぶることに馴れてしまったようである。だからこそ、世界の細部を髪の毛一本のディテールまで描ききることで、時代の危機に対峙していこうとする葵生川氏の方法は独自なのであ

り、新しかったと言える。

「世界という細密画」

柴田氏や私が当時、同時に感じていた葵生川氏の新しさと力強さは、また同時に多数の他の詩作者にとっても刮目して注視する対象であったに違いない。そうして私は葵生川氏が、どのようにしてこの文体を獲得したのか、方法と来歴についてその謎を解いてみようと、個人的に画策したものだった。

しかし葵生川氏と日常的に会話を交わす立場にはなかった私にとって、また葵生川氏がどのような思想的な出発をして成長を辿って来た方なのかを知る立場にはなかった私にとって、謎は魅力的な謎のまま、数年が過ぎ去った。

その謎に対して回答にはならないまでも、何らかのヒントとして考えるに足りる資料に出会ったのは、一九九二年に発行された『現代詩ベストセレクション①葵生川玲詩集』だった。エッセイ「定住思想の在拠」で小野十三郎について書かれたものがそれだ。

「歌であること」を拒否して、人間の意思を貫き、見ること、考えること、そして現実を切り裂き見えない仕組みをあらわにすること。短歌的抒情が横溢する日本の詩歌、文学的土壌の決定的な否定。それら小野十三郎への傾倒と賛美をあらわす次の文を読んで、私はそれまで感じていた、葵生川氏の文体に決定的な影響をもたらしたものが何であったのか、分かったような気がした。

…『詩論』は、戦後詩と呼び慣わされ、戦後詩と言われる現在の詩の方法的な核を成すものとして、私たちの詩の根に重く在るもので、私たちもまた、論外の事実として踏んでいるが、当時の詩壇全体の中に疑われることなく浸透していたと思われる日本古来からの、伝統的な短歌的詠嘆と抒情中心の詩に対する「否定」の反旗はきわめて大きなことであったと思われる。

（瞳は精神より欺かれることが少ない）に顕著なよ

うに、(視る) ことに精神の作用を読んだことも、実に鋭い省察であった。
(中略)
戦中から戦後へ、密度の濃い作品活動が引き継がれて行くのも、(視る) 思想に導かれた想像力の飛翔が、幅広い豊かな創造世界を求めて進展した故であり、それがまた、世界的な視野を持った作品に結びついていったと言えるのである。

「定住思想の在拠」

この文章の中には小野十三郎に心酔した葵生川氏の、小野十三郎からかすかにずれて、それ故、丸写しでなく、小野の試みを未来に発展させうる可能性を孕み持った、両者の差異と考えられる微妙なニュアンスの違いが存在する。エッセイの後半には、この差異がさらに拡大され、葵生川氏は小野の定住思想に激しく異議を唱えている。

…私の場合は文学と申しましても詩ということになりますが、この詩を定住者の文学として認識し直そうということであります。一定の地域に身動きもできないで定住している人間の詩、いいかえますとこれは多くの庶民大衆の詩ということになります。定住の反対は何か、これはさすらう、漂泊ですね。おそらく皆さんも納得されると思うのですけれど、これまでの詩、特に叙情詩というものは、とにかくこの漂泊という想念、あるいはビジョンと短絡しておりまして、詩人は人生の漂泊者であり、永遠のさすらい人、旅人であるということになっている。

一九七六年第三回詩人会議「海の学校」
小野十三郎講演要旨より

短歌的抒情の否定という小野の思想を、戦後の日本の詩作あるいは日常的態度として発展させる方法として、小野は「定住思想」を提言した。小野の思想をある意味でカンテラのように、自分の足元を照らしながら創作を続けてきた葵生川氏にとって、この「定住思想」だけはどのようにしても受け入れられないものであったらしい。

…すでに、小野の言う〝定住〟思想は、その言葉の意味においてさえ、資本と権力の側に移されているのである。思想の、定住としての論理性が無ければ、逆に奴隷の思想としての危険を与えかねない。現実の諸相はそれを強く示しているのである。

そして私たちは今こそ漂流する民の思想をこそ力とするべきではないだろうか。不安と孤独のひとり旅の心に滲みる共感の詩をこそ生み出す時かもしれぬ。わずかな所有物に囚われる「定住」思考からはあくまで自由でなければならないと思う。

「定住思想の在拠」

小野は「短歌的叙情」の否定から「定住者」という新たな抵抗の立場を作り出したのである。その論に対抗して流浪する都市生活者のある意味での漂泊こそ、すべてを秩序立て統括支配しようとする権力に対する抵抗であると、葵生川氏は主張したのだった。

この二つの、二つが共に正解である対立する思想の間で思い浮かんだのは、小野の思想に影響を受け、戦後思想形成をしてきた私たちが、共通して背負わなければならない宿題、小野の思想をどのような形で引き受け、次の時代に手渡せるよう、より時代にあった、より人々に受け入れられる魅力的なものに作り上げて行くかという命題に対する、葵生川氏の回答だったということだ。

ではなぜ、小野と葵生川氏の差異はこんなにも広がってしまったのか。それは小野が全く書かなくて、葵生川氏がその底流でこだわり続けたテーマに由来するのではなかろうか。私の狭い小野作品の読書量のなかで、小野の「愛」をテーマにした作品を読んだことがないのである。小野には小野の家族があり家庭があったが、詩作は現実生活とは切りはなされたところでなされた。それに対し葵生川氏の作品のなかには、置き石のように、何かを確認するように、愛の詩が置かれている。それは男女の恋愛といったものではない。漂流する家族の、最小単位の絆を確かめるためにそこに置かれている。心に滲みる共感の詩はまずはパートナーのためにあった。一九八二年葵生川氏が三九歳の時まとめられた詩集『夕陽屋』のなかにその詩はある。

花婚式

(前略)
けれど。
男
と
女
が少しだけ　お互いの醜くなった部分だけを認めあ
うというような冗談みたいに切実な　衰えた分だけ
お互いに優しくなって　というような男と女であ
ることを　歩行するのと同じ意味あいで　交わす言
葉とお互いの存在の重さについて。
お互いのやりきれなさについて。
ついには　美しく飾られることがないという結論
を　目覚めさせている。

静かな川の字になって。
あるがままの彩色されない刻に浮く　花婚式の夜か
ら未来という　さらに美しい言葉へ引摺られるもの
があるので。
男と女は
花から　錫《すず》への視線を途切らせないようにしてお
うとする。

小野が漂泊の底に見ているのは「個人」であるが、葵生川氏が漂流の核と考えるのは、個人ではなく、生活単位としての家族である。

二〇〇〇年度第二八回壺井繁治賞受賞詩集『初めての空』は、葵生川氏のこれまでの思想と創作論の一つの結実であると考えて良いだろう。これまでの人間の意思の力を絶対視した、人間中心主義の、いわばモダニズム的自由観に裏打ちされた、鈍色に輝く以前の文体の一部を、彼は自らの手で少しだけ、壊した。以前の葵生川氏なら、それを敗北と感じただろうか。その時初めて彼は「空」を発見した。それが母の死という人間にとって避けることのできない、そしてその前では、全くなすすべもない、無力な人間としてその前に立たされる経験において、彼は何かを捨て、その代わりに、新たな輝きを獲得されたのだった。

それは思いもかけず自然、だった。小野の言った流浪者、漂泊者の自然ではなく、人がそこで生き、そして死んでいく生き物としての自然だった。この定住者の自然と言えるもの、その光は、彼自身の生活と人生をすべて受け入れ、肯定したのだった。

雪の思想

ずうっと昔に手放した場所のことを
まるで「夢」の置き場所のように話してしまうことがある。

*

その苛酷で、美しい衣装を心に纏《まと》った。
白い風景をわたしは何年生きたことだろう。

(中略)

類型に過ぎる多くの形容詞を連ねて、わたしはこの国の首都を流浪して病んだ、わたしの身体と心から発する言葉で、わたしを造った北の街の厳しい風景を、恥ずかしい程に飾りたてながら詩《うた》ってしまっているね。

そして、試され続ける家族との聖なる日々の暮らしを生き通す力を、そこから得ていることを認めなければならないな。

(後略)

個人的なことを言えば、「試され続ける家族との聖なる日々の暮らし」という詩句が目に入って来た瞬間、私は涙を抑えることが出来なかったことを、ここに記しておこう。

絶対者の礼賛につながる、詠嘆的抒情を排して、しかもいかなる方法で文学に魅力を付け加えて行くか。それは戦後七十年が過ぎたこの国で、文学に関わっているすべての表現者に、これからも与え続けられる宿題である。この詩集は葵生川氏の出した一つの回答である。それぞれの表現者はそれぞれの回答に向かって、孤独にも書き続けていかなければならない。

「この詩集を公にしたことで、次の一歩が踏みだしやすくなった」と葵生川氏は言った。この再び閉塞しようとしている情勢の中で、現実を踏まえながら、しかも明るい輝きに満ちた詩を書き続けるのは並大抵の意思の力ではない。三十年来のファンの一人として、日本詩壇の大きな牽引力として、ますますの活躍を願うものである。

「詩人会議」二〇〇〇年六月号掲載
二〇一四年一〇月改稿

「北への風景」を指さしつづける詩人
―葵生川玲論―

北村　真

1、はじめに
―持続的にえがかれた「北の風景」

この場所は
つねに季節を要求するのだ。

こころが
どのようにあろうと、
北の果ての海に
ふるえる意思のように

差し出されている場所。

作品「岬」部分

この美しい詩句に出会うと、葵生川玲が、北国の厳しい自然の風景を、どんなに大切にしてきたのか、よく分かる。葵生川は、これまで六冊の詩集を出しているが、どの詩集にも「北の風景」が様々な表情を持って表現されている。年代を追って「北の風景」を振り返ってみる。

梨を噛んだ
田舎を呑んだ
じわっと胃の方に沈んで行った
欠けた部分に血が滲んでいた

作品「小荷物」部分
（一九七五年　詩集『ないないづくしの詩』より）

北の国には冬の厳しい時に行かなければならない
……決意を腐敗させないために。

（略）
定住の思想など棄てて、奴隷の思想なども棄てて、
旅は冷害の北へしゃっきりと
南へは八月の腐敗の季節に　できるなら旅は即物的な南はさけて、想像力の北へ

作品「島に関するノート」部分
（一九七九年　詩集『冬の刺』より）

緑に覆われた地を縫って、蛇行する川がある。想いはなおも川に沿って、夥しい距離感と時間の筒を抜ける。

作品「流離」部分　一九八二年　詩集『夕陽屋』より

冷えきった冬に、蒼い夕闇が立ち
硬い雪が舞って、踏み石を柔らかなふくらみにする。
その先に、黒く闇を吸う戸口がある。

作品「納屋」部分

（略）

白くしろく、静かに降り積もり、
この世界の苦痛にまみれた悲しみの全てを許すというように降り続いて、世界の風景を改めている、朝に。

作品「雪の思想」部分
（一九九九年　詩集『初めての空』より）

どの詩句も、略年譜第一行めに、「一九四三年一月、北海道滝川市生まれ」と、記された場所を出発点として、詩人が青年期を過ごした滝川での暮らしを内面化した風景である。「大辞泉」によると、「原風景」とは、（「原体験」におけるイメージで、風景のかたちを取っているものであり、その人の思想が固まる前の体験で、以後の思想形成に大きな影響を与えたものだ）と、記されている。だとすると、まちがいなく、この風景は、葵生川の原風景であり、詩人の表現の原点である。けれど、望郷ではない。追憶ではない。風景への抒情は意識的に断ち切ら

（一九八七年　詩集『苦艾異聞』より）

冬の、
言葉の発する鋭い気で
満たして置きたいと考えたのだった。

外は外
で
気が満ちているから。

内は内
の
張りかたというものが必要なのだ。

作品「冬の言葉」部分
（一九九二年　詩集『時間論など』より）

その苛酷で、美しい衣装を心に纏った。
白い風景をわたしは何年生きたことだろう。

れている。むしろ詩人が、旅立った風景であり、たえずその風景を確認するために振りかえろうとした風景でもある。だから、詩人が描き続けたのは、「北の風景」ではなく、むしろ「北の風景」を指さす人の表情をも織り込んだ「北への風景」なのだ、という方がふさわしいだろう。

それにしても、この「北への風景」と関わる作品の数の多さは何だろう。この風景に対する持続的な意識は何処からくるのだろうか。この問いに沿って、これからぼくは、持続的に数多く描かれた「北への風景」についで深めていくことにする。ひとつは、この風景が抱き込んでいる原風景のイメージについて、つまりは、詩人はこの風景によって何をえがこうとしたのか、もうひとつは、その風景をどのようにえがこうとしたのかという視点をもって。もちろん、直接風景を表現した作品にくわえ、「北への風景」を、とらえなおすことによって、さらに、風景をえがいた作品の数は増えることになるだろう。

2、「北の風景」によって何を描こうとしたのか

(1) 豊かな自然との関わりへの渇望

「北への風景」は、様々な表情を持っている。もちろん、自然そのものを表現した作品がおおい。詩「果実」を見てみる。

白色の灯の放射を浴びて、私の果実たちは化粧の姿で花のように美しい。
〈一途に巨大さと糖度を増す改良の手の中で、丹念に摘果され、一個ずつ袋で覆い、過保護なくらいに防虫剤をまぶして、ひたすらに形良く育てられてきた。さらに清浄に、水と薬で洗いワックスで磨きをかけられて、〉

作品「果実」部分(詩集『時間論など』より)

都市生活での「林檎」は、掌を痛くはじくように置かれているのである。それは、「黄土の痩せた樹々にも季節が巡るたびに花が咲き、大地の光と風に香って　虫や鳥を呼び自然の摂理のままに実を結んだのだろうか。」という旅先の自由市場で見つけた林檎から照射されたものである。果実が「掌に包まれる」、「痛くはじく」という表現によって、豊かな自然との関わりへの渇望と、自然が商品化されていくなかで、自然の一部である人間そのものの感性が歪んでゆくことへの批評を顕在化させている。

（2）生活の豊かさへの渇望

つぎに、「風景」をとおして、生活のあり様、豊かさについて表現した作品がある。詩「等身」を見てみる。作品は、「等身」という自己像のイメージがゆがみなく捉えられているか、という問いから始まる。「視力」は、そこで暮らす人の今の生活や未来へと切り結ぶ想像力、つまり、暮らしそのものの比喩である。

君の視力は正常か?
ふたたび問われたら　不安な窓を開けて素直に空で
も見ればいい。肉眼と痩せた想像力に映る摩天楼の
群れはあくまで巨大で　鋭角な線を高みに伸ばし続
けていて　さらに深くふかく不安を送り込んでくる
から。
陽を吸う植込みのアネモネの一群れに向いて　ビル
風が垂直な一撃を加えるのを目撃する。

作品「等身」部分（詩集『夕陽屋』より）

巨大な摩天楼の持つ不安のイメージを通して、経済成長の中の、公害や、過労死・長時間労働など、経済発展に伴って疎外される「暮らし」をえがいている。同時に「生活の豊かさ」を渇望しつつ、その生活に慣れていく自己への批評をあわせ持つ作品である。

〈君の視力は正常かという問いかけ〉は、詩人の中の《北

への風景》によってもたらされている。それは、「一九四三年一月、生まれ」の、つまり、戦後の貧しさから「豊かさ」を求めて出発した「北からの風景」によって照り返されているのである。

（3）　社会との豊かな関わりを求める渇望

さらに、「社会との関係」つまり、戦後民主主義の根幹である「平和」ついての危機を表象している作品がある。詩「腐蝕」を見てみる。

肉は腐敗するものである。鉄は腐蝕するものである。
という自明の理由《ことわり》に鳥肌立て　遺品とプレートされ
ることの誤差の存在を感じているのに。
鉱物質のそれらと動物のものである肉身との腐敗へ
届く微差が　この心を揺れ動かせているのかもしれ
ない。
残暑に汗ばみ粘りつくYシャツの肌　生きて在るこ
の肉身を銀杏の風が触れて通る。
玉砂利を鳴らしながら　扉に花紋のある位置を鋭い
眼と寒い心で通過する。
花紋にも腐蝕を覆った跡が視える。

作品「腐蝕」部分（詩集『苦艾異聞』より）

この作品は、人の思想（動物のものである肉身）より、制度（鉱物質の鉄）のほうが、腐蝕しにくいということ。しかも「花紋にも腐蝕を覆った跡が視える」という発見によって、戦後憲法下での、軍の復活が企てられていることを、象徴的に表現している。

《北への風景》は、様々なイメージを持っている。「自然」「暮らし」「戦後の平和」などを象徴する風景。多様性を帯び、重層的な風貌を持つ風景。憧れと渇望の風景であり、葛藤し痛む風景でもある。詩人、葵生川が描こうとしたのは、「今、生きる世界」そのものを、「北への風景」という視点と「北からの風景」という視点を持って、歴史の立体的な視点を持ってえがこうとしたのだ。

3、原風景をどのようにえがいたのか

(1)「見る」のではなく「視る」こと

葵生川は、「みる」ということにこだわった詩人である。「見る」でなく「視る」と表記する詩人である。それは、類型の表現にからめとられまいとする、さらに「ことば」を、生きた場所において表現しようとする詩作への態度の表れである。「場所、／に映さなければ見えてこないものの姿もあるのだ。」(作品「場所」部分)、この詩句は、葵生川の「視る」ことを重視した技法の特徴をよくあらわしている。

では、作品「終着駅」を見てみよう。

避雷針の鉄塔とテレビの集合アンテナ　給水塔のある場所から　遠く近く漁火のように塊り群れた火の動きが見える。／冷たく吹き当る風。車の排気音。樹々の葉のめくれる音。／窓々から洩れてくる声。ひかりになって走ってくる電車。の音。尾燈《テールランプ》と前照燈《ヘッドライト》の流れ。／金網を越え、ゆっくりと、追いつめられ　そして〈現在《いま》〉／解き放たれたこころを生存の歌の渦巻く火の芯に近づけていく。

終った。のではなく、それはむしろ停滞なのだろう。夢を語り続ける者も歌を唄っていた者も病気でこころまで病んでいた者も、世界にだけ眼を向けていた者も失策を取り繕おうとしていた者も。それらの多くの停滞にとって、灯の明度を丸ごと超える陽の支配しだした〈明日〉には、始発駅となった〈終着駅〉から動き出していくことになるのだから。

作品「終着駅」部分（詩集『夕陽屋』より）

〈終着駅〉が明日の朝〈始発駅〉になるという発見も、

希望の類型としてえがくことはしない。深夜、終着駅の果てまで、意識的な視覚を持ってたどりつく。その行為を通して、終着駅と始発駅の間に「停滞」ということばを置く。それらの営みを通して、新しい風景が生まれてくる。原風景（この場合は始発駅）に対する渇望、葛藤は、よく視ること抜きに新しい風景に生まれ変わることはない。「よく視ること」は、おそらく「北からの風景」が詩人に求める方法論にちがいない。

（2）　外の世界への視線と、自己を見る視点

風景をえがく第二の特徴は、内部と外部の両方を見ることである。原風景への渇望は、歪みを帯びた外の世界への批評を持つことになり、同時に、その世界に慣れていく自らへの批評をあわせ持つことになる。

名を呼ばれた、
と不意にわたしは感じた。
すぐに応えようとする、
まったく無防備に。
その場所を漏らしそうになる。
（略）
呼ばれ続けて、
沈黙の、
世界に向いて
今度は、わたしが、
目と耳を澄ましている。
随分と遅れて。

作品「名を呼ばれる」部分
（詩集『初めての空』より）

二つの視点を持つことによって、アウシュビッツを素材にしているこの詩のように、外部から聞こえてくる声

と、自らの声が緊張を持って響きあっている見事な作品がたくさんある。しかし、外の世界への視線と、自己を見る視点とを、あわせ持ちながら表現することはたやすいことではない。

語りながら、祈りや希望という類型の虚飾がはがれ
るその痛みにも耐えていて、

（略）

語りながら、他者の空白に無雑作に投げ込んでいる。
両の手にあるものは
いつも傷つき血にまみれているんだから、

語りおえて、
静かに　そこに置かれてある。
そのとき
私はいない、
という理想型を
きっと、激しく欲望しているんだね。

作品「ことば」部分（詩集『時間論など』より）

他者への、外の世界への渇望や希望は、他者とつながるという事において、類型を免れえない。また、他者への批評は、自らを傷つける。作品「ことば」は、その厳しい視点に立ちながら表現することの、詩人としての覚悟なのかもしれない。

（3）　衝突による新しいイメージの創出

三つ目の特徴は、過去と未来、内と外など同じ形式を持つ、二つの異なる場面、二つの異なったイメージを衝突させ、新しいイメージを生み出す方法である。その方法を用いた作品「写真」をみてみよう。

そこに、一枚の写真がある。

父母と子の三人。

笑顔の母親に抱かれた赤ちゃんと
玩具を手にして、アヤす父親のはにかんだ仕種が。

ありふれた、家族の、
幸せそうな写真。

＊

そこに、一枚の写真がある。

アサガオの花に、
生物学者の考察の文章が添えられていて。
夜明けに咲く花に
朝の光とあたたかい温度が必要なのは、当然のこと
と思っていたが。
そこで述べられていたのは、
朝に至るまでの、夜の冷たさと、闇の深さが何より
も欠かせないという事実であった。

（略）

その、一枚の、

〈「北京の春」象徴詩の旗手。顧城〉
一九九三年一〇月、滞在先のニュージーランドで死
亡。
〈妻をオノで殴り殺し、自らは木で首を吊って自殺。〉

＊

そこにある一枚の、

幸せそうに映っている
写真。
と事件を伝える記事を際限なく乖離させて行く、あ
なたの夜と闇。
どこまでも、冷たい夜と
あくまでも、深い闇を感じさせて。

作品「写真」部分（詩集『初めての空』より）

夜の深さをたっぷり吸い取ったアサガオの花の写真と、天安門事件など中国の解放に関わった象徴詩の旗手、

顧城の事件との対比。さらに、事件後の顧城の家族の陰惨なイメージと、たのしそうな家族の写真との対比。そのぶつかり合いのなかから、時代の抱える闇のなかに、「アサガオに必要な夜の深さ」が、浮かび上がる。それは、「北の風景」との、絶え間ない葛藤のなかで、なにものかを生み出そうとする葵生川の詩作と重なる。それは、葵生川の詩の方法論であり、彼の肉体化された思想でもある

4、おわりに

新しい風景としての原風景

「北への風景」は、さまざまな方法によって、新しいイメージを持つ風景として私たちに差し出されている。「北への風景」と「北からの風景」を手放すことなく、自らも傷つきながら、ひととき、うつくしい生のありようとして結実した歓びの詩をいくつか紹介したい。

自然とのうつくしい関わりを、鳥たちのために樹に残した柿の実の風景として描いた作品「木守」。

緑の色を次第に煮詰めてきた
畑の一隅に立って
一点の彩りに目を置く。

（略）

＊

与えられた至福の時を経て、
緑のモノたちは
私の胃の腑を素早く伝って行った。

＊

野の晩秋を表現する畑に、
癒される者の短い影を置いて、
その過ぎ去る一瞬に
人の誕生と死の影を映して、
この地球に呼吸する生命たちの記憶の形を
一個の柿の実は鮮やかに灯している。

作品「木守」部分（詩集『初めての空』より）

また、障害を持つ子どもの、生活との出会いを描いた作品「歓びの容量」。暮らしの中で体験したモノレール。その風景が、子どもの中に新しく未来の飛行場を生み出す。愉しい思い出が、豊な未来に向けて放たれる、絵のような文字が生まれる瞬間に立ち会う歓びを表現している作品である。

一心不乱なおまえの、
手の動きから生まれる文字、
の
形をした記号、は崩れ、歪み、傾いたりして、さらには中断のまま放置されてしまうのだが、
白いノートの面《おもて》をきつく押さえ、削り、つぶし、そして黒く赤く不整な並びそのままに、おまえの意志を映しているように見える。
《お前の想像力を走る（モノレール）とその先にあるだろう（ひこうじょう）。そこからおまえが飛び立たせる（ひこうき）が私にも見えてくる》
おまえのことばのほうが、
希望と歓びの表情を、しっかり捉えていると思うな。

作品「歓びの容量」部分（詩集『苦艾異聞』より）

さらに作品「夜の鶴」は、半島の非武装地帯の鶴の姿を描きながら、時代と向き合う姿勢を具象化した作品である。

＊

試されてある日々のなかで
私の、顔は、
〈やさしいか？〉。

遠く砲声のような音の聞こえる
夜、

私のツルは、
細い一本の足で立っている。

作品「夜の鶴」（詩集『初めての空』より）

これら、新しいイメージを持つ作品を読んでいくと、葵生川が、なぜその風景を書きつづけてきたのかよく伝わってくる。葵生川にとって「北への風景」は、新しく戦後という時代を生きようとした決意の象徴であり続けたのだ。「北への風景」を渇望し、ゆえにその風景に傷つき、なお、その風景を手放さずに、その原風景を新しい原風景へと紡ぎだしてきたのだ。その営みこそが、葵生川にとって、詩を書くことであったのだ。

葵生川の詩を読むことは、戦後の社会を誠実に生きてきた人の生き方に触れることであり、そのまま戦後の歪みに立ち会うことでもある。そして、今日の混迷ゆえに新しい時代を内包する今の時代を生きる私たちに、葵生川のえがいた新しい風景は、私たちの大切な原風景として差しだされつづけるだろう。

葵生川玲年譜

一九四三年（昭和十八年）　当歳
一月二十六日　北海道滝川市（当時は樺戸郡滝川町）花月町にて、父辰雄、母マツヱの長男として生まれる。本名　力男。

一九五八年（昭和三十三年）　十五歳
三月　滝川市立江陵中学校卒業後、建具職見習いとして、宮田製作所に入職、以後五年間修業をする。

一九六三年（昭和三十八年）　二十歳
四月　北海道赤平市で《うたごえ》の運動を知り、「こだま合唱団」に入る。安保反対闘争やエネルギー転換反対闘争を知り、以後、社会的な活動に参加する契機となる。

一九六五年（昭和四十年）　二十二歳
十月　上京、勤務の傍ら独学で写真を学び始める。

一九六八年（昭和四十三年）　二十五歳
八月　板橋詩人会議「青空」（その後ほくぶ詩人会議と改称）に参加。写真表現上の一環として、初めて詩らしきものを書き始める。

一九七一年（昭和四十六年）　二十八歳
二月六日　村岡光子と結婚。

一九七二年（昭和四十七年）　二十九歳
五月　詩人会議「第七期詩の学校」を受講する。講師に金子光晴、草鹿外吉、城侑、大岡信、石垣りん、秋谷豊、壺井繁治氏がいた。

一九七三年（昭和四十八年）　三十歳
十月　長男、智教誕生。
この年から「詩人会議」「詩と思想」「潮流詩派」「地球」「詩芸術」「無限」などの各誌に送稿を始める。

一九七四年（昭和四十九年）　三十一歳
四月　秋亜綺羅氏企画のグループ「ふあず」に参加。例会を新宿三丁目の「詩歌句」で行う。他の参加メンバーは、小川英晴、高木秋尾、田中国男、佐々木洋一、折原みお、高取英氏らがいた。
一九七五年（昭和五十年）　三十二歳
二月二十八日　第一詩集『ないないづくしの詩』（視点社）を刊行。それまで継続してきた各詩誌への作品投稿を停止する。
長男、智教「自閉症」の診断を受ける。
一九七六年（昭和五十一年）　三十三歳
四月三十日　板橋詩人会議グループ企画のアンソロジーとして『現代都市詩集』（視点社）を発刊する。参加者に、中正敏、青木はるみ、猿田長春、江里昭彦、片岡文雄、酒井清六、田内初義、村田正夫他がいる。
一九七七年（昭和五十二年）　三十四歳
五月　詩人会議常任運営委員となる。同じ期から黒田三郎氏も入会され、常任運営委員長に就任。以後頻繁にお会いすることとなり、寄贈著書の整理などの手伝いをする。
一九七九年（昭和五十四年）　三十六歳
一月　『新選黒田三郎詩集』の編集を手伝う（黒田三郎さんと詩人会議事務所にて）。
五月　第二詩集『冬の棘』（視点社）を刊行する。
一九八〇年（昭和五十五年）　三十七歳
六月　アンソロジー『Ｆｏｕｒ—葵生川玲・佐々木洋一・近野十志夫・清水節郎』編・葵生川玲・近野十志夫・視点社刊。
一九八一年（昭和五十六年）　三十八歳
一月　「飛揚」（飛揚同人）創刊。
一九八二年（昭和五十七年）　三十九歳
三月　反戦三部集の第一巻『反戦四人詩集・戦後からのまなざし』視点社刊（奥田史郎・加賀谷春雄・木津川昭夫・山縣衛）を編集する。
五月　第三詩集『夕陽屋』（視点社）刊。
九月　第一回「飛揚朗読会」（池袋小劇場）開催、同人外の小柳玲子、甲田四郎、辛鐘生、天童大人、中正敏、上手宰、秋村宏、鳴海英吉氏らが参加。
十月　日本現代詩人会に入会。
一九八三年（昭和五十八年）　四十歳

五月十七日　第27回「聞く・考える・講演と詩朗読の会」（代表・伊藤信吉）を開催、この回から幹事会に加わる。
同月　反戦三部集『青年反戦詩集　明日へ』（視点社）の編集にあたる。八月十五日刊。
十月二十八日　第28回「聞く・考える・講演と詩朗読の会」で作品「砕かれる花」を朗読。
十一月五日　文京盲学校「六ッ星祭」の記念講演として「詩の朗読会」を企画・開催。飛揚同人として参加。俳優の松村彦次郎、山崎敦子氏に朗読を依頼、収録テープは、作品アンソロジーを日本点字図書館に寄贈した。

一九八七年（昭和六十二年）　四十四歳
十一月　第四詩集『苦艾異聞』（視点社）刊。一九八八年度H氏賞候補となる。

一九八八年（昭和六十三年）　四十五歳
七月　カセット詩集『葵生川玲詩集』（視点社刊）作品朗読・松村彦次郎氏による。

一九八九年（平成元年）　四十六歳
一月　「詩人会議」二月臨時増刊「黒田三郎」の座談会「黒田三郎と詩人会議」に出席。
三月　初めて中国の上海と華南地方を巡る。この年「天安門事件」が起きる。
四月　「詩と思想」新体制（編集長・小海永二）に伴い、（麻生直子・小川英晴・佐久間隆史・中村不二夫・森田進）の各氏とともに編集委員として参加。

一九九〇年（平成二年）　四十七歳
七月八日　ニッポン放送AM6時25分～45分、サンデーマイク・ジャーナル「ザ・ポエムリサイタル—ひとつの時代・自作詩朗読会」で、作品「幸福な時間」「デパート」の二編を朗読。
八月十五日　NHKラジオ第一放送「特集・戦後詩で綴る平和」で、作品「幸福論」を朗読。

一九九二年（平成四年）　四十九歳
二月　「詩と思想」三月号から一年間、福中都生子氏と「新人作品欄」を担当する。

七月　第五詩集『時間論など』（視点社）刊。
八月　現代詩ベストセレクション①『葵生川玲詩集』（視点社）刊。

一九九三年（平成五年）　五十歳
三月　「詩と思想」研究会の講師（菊田守・森田進・葵生川玲）を一九九六年十二月まで担当する。
十一月　中国語版『日本戦後名詩百家集』羅興典編・訳（中国海峡文芸出版社刊）に作品「海を見に行く」が収録される。

一九九四年（平成六年）　五十一歳
六月　「詩と思想」七月号特集「現代詩論」に「「読売新聞」という装置の現在性」を書く。

一九九五年（平成七年）　五十二歳
一月　「飛揚」第二〇号特集「戦後・五〇年・私の時間」で、米国の原爆投下に関しての論争に触れて、二〇枚余りの長文の「編集後記」を書く。
三月　「詩人会議」四月号特集「黒田三郎という存在」の座談会（浅尾忠男・吉野弘・葵生川玲）に出席。
三月六日〜十一日　「阪神大震災チャリティ詩画展」で東京大空襲を作品化した「夢違之地蔵尊縁起」を朗読。

一九九六年（平成八年）　五十三歳
四月　「詩と思想」誌の編集長の任に就く。

一九九七年（平成九年）　五十四歳
三月　第二五回壺井繁治賞の選考委員会に出席。
八月　日本現代詩人会総会にて理事に選任される。
九月　神楽坂「詩と思想研究会」にて小講演をする。

一九九八年（平成十年）　五十五歳
埼玉県・川島町で「畑」を始める。
六月　日本文藝家協会に理事推薦（伊藤桂一・山田智彦）で入会する。
同月　「詩と思想」七月号特集「現代詩の50人」に作品「契約」と瀬野としの解説が掲載される。

一九九九年（平成十一年）　五十六歳
三月　第二七回壺井繁治賞の選考に当たる。
同月　「詩と思想」誌の編集長（三年間）を退任する。

七月　詩人会議「夏の詩の学校」（長野・田沢温泉）で講演「言葉の変容と詩」を行う。
八月　日本現代詩人会総会で理事に再任される。
九月　日本現代詩人会の理事長（長谷川龍生会長）の任に就く。
十月　第六詩集『初めての空』（視点社）刊。

二〇〇〇年（平成十二年）　五十七歳

二月『初めての空』が第一七回現代詩人賞候補となる。
三月　第二八回壺井繁治賞を『初めての空』で受賞する。
六月　日本現代詩人会創立五〇周年記念「日本の詩祭」で開会のあいさつをする。
十月　日本現代詩人会創立五〇周年記念「日本の詩祭2000大阪」で開会の挨拶をする。
十一月　アンソロジー『日本国憲法とともに』の呼びかけ人（金子勝・川崎洋・大島博光・増田れい子・白石かずこ氏ほか）になり、作品「アンディからの伝言」を収録。

二〇〇一年（平成十三年）　五十八歳

三月　詩人会議新人賞の選考に当たる。
四月　日本現代詩人会創立五〇周年記念出版『資料・現代の詩2000』（角川書店）刊行。資料編を執筆。
五月　詩人会議第二一回総会にて、副運営委員長に選任される（二〇一一年まで継続）。
八月　日本現代詩人会理事長（二年間）の任を終える。

二〇〇二年（平成十四年）　五十九歳

二月、三月　日本現代詩人会　第五二回H氏賞選考委員会に出席。
三月　第三〇回壺井繁治賞選考委員会に出席。
八月　第一七回国民文化祭・とっとり2002「現代詩大会」（北条町）の選考会議に審査員として出席。
十月「現代詩大会」に出席する。
十二月　詩人会議創立四〇周年記念出版『時代を拓く』の編集の任にあたる。

二〇〇三年（平成十五年）　六十歳

一月二十六日　二五年勤続した会社を定年退職するが、前年まで三〇〇日分支給されていた雇用保険金が、法律改定により一八〇日に減額され、年金受給まで半年間の無収入生活を余儀なくされる。
同日　退職を記念して『葵生川玲詩集成』（視点社）を発刊する。
三月　壺井繁治賞の選考に当たる。
六月　北海道滝川市で開催の「中学三年B組還暦のクラス会」に出席。
七月「詩人会議」八月号に長編構成詩『ヤスクニ・ノート』を発表した。
八月　ホームページ「葵生川玲氏の詩的な生活」を開設する。
九月〜十月の二ヶ月間　職業訓練の「パソコン講座」を受講する。
十二月　第七詩集『ヤスクニ・ノート』（視点社）刊。
二〇〇四年（平成十六年）　六十一歳
一月「詩人会議」一月号から投稿詩欄「自由の広場」の選に当たる。
七月七日　ほくぶ詩人会議グループ（旧板橋詩人会議グループ）機関誌「青空」第五二号終刊特集号編集・発行。
九月　日本現代詩人会の理事に選任され、常任理事として会計を担当することとなった。
同月一日「詩人の輪」呼びかけ人となる
十二月二十日　第八詩集『草の研究』（視点社）刊。
二〇〇五年（平成十七年）　六十二歳
三月「詩人会議」特集「インターネットと詩」のメインエッセイ「詩とインターネット事情」を執筆。
五月　日本現代詩人会「西日本ゼミナール・in鹿児島」に出席、桜島に向き合う黒田三郎さんの墓参がかない、妹安乃さんにお会いできた。
八月　日本現代詩人会のホームページを開設、管理者となる。
九月　日本現代詩人会の理事長（二度目・安藤元雄会長）に就任。

二〇〇七年（平成十九年）　六十四歳
八月　日本現代詩人会総会で二年間の理事長の任を終える。
二〇〇八年（平成二十年）　六十五歳
四月九日　上村としこ（妻　横山光子）逝去。
十月十八日　『飛揚詩集２００８』（視点社）を編集、発刊する。
同月　富士霊園の「文學者の墓」（葵生川玲名）の式典に出席、上村としこの記念品として『飛揚詩集２００８』を納める。
十一月一日　午後二時から『飛揚詩集２００８』発刊の集いを、東京・大塚のレストランShisui deuxで開催。上村としこの「飛揚」、視点社との関わりで、北海道、四国、岡山からの同人と多くの詩人や知人の参加があった。
二〇〇九年（平成二十一年）　六十六歳
一月「新日本歌人」の「短詩交流」を一年間担当。
二〇一〇年（平成二十二年）　六十七歳
一月「飛揚」五〇号特集「没後三〇年・黒田三郎の世界」を発行。
九月　初の散文著作、葵生川玲時評集『詩とインターネット』（視点社）を上梓。
同月　日本現代詩人会の「創立六〇周年記念事業委員会」の事務局を務め、「日本の詩祭２０１０」と『資料・現代の詩２０１０』の役目を終えました。
十月三日　函館で開催の「滝川市立江陵中学校三年B組のクラス会」に参加。
同月十五日　ソウルで開催の「日韓詩と音楽の集い」に参加。
十二月「詩人会議」の連載「詩作案内」十六回の連載を終える。
二〇一一年（平成二十三年）　六十八歳
四月十五日　第九詩集『歓びの日々』（視点社）上梓。
五月　三十四年間連続して務めてきた詩人会議常任運営委員を退任、会計監査を担当することになった。
八月　日本現代詩人会の理事に選任され、東日本ゼミナールを担当することになった。
八月　観光を開始した松島と世界遺産に認定された平泉・中尊寺・金色堂に出かけた。
十月　韓国南部の慶州・大邱・釜山に出かけ世界遺産のいくつかを巡った。
二〇一二年（平成二十四年）　六十九歳
四月　三春「瀧桜」と「スパ・リゾートハワイアンズ」と二度福島を訪れることができた。
八月　はとバスツアーで「東京スカイツリーと老舗の味」で初めてスカイツリーに行く。
同月　「ＰＯ」特集「メディアと文学」に執筆。
十月　日本現代詩人会主催の東日本ゼミナールをつくば市で開催、参加した。
二〇一三年（平成二十五年）　七十歳
一月　日本現代詩人会・東日本ゼミナールと新年会で、黒田三郎詩集『小さなユリと』を原作とした短編映画『小さなユリと―第一章夕方の三十分』の上映と和島香太郎監督のお話を聞くことができた。
同月　「ＰＯ」特集「谷川俊太郎」にエッセイ執筆。
四月十五日　『羊の詩―一九四三年生まれの詩人たち』（視点社）を編集、発刊。記念の集いを東京北区・赤羽の「銀座アスター」で開催した。
同月　「詩と思想」特集「東北の詩と詩人たち―佐々木洋一」を執筆。
八月　日本現代詩人会の理事に再任、総務を担当することになった。
十月　長野市で開催の日本現代詩人会・東日本ゼミナールに出席、往復とも渋滞で五時間かかったが、「象山地下壕」と「大島博光記念館」によることができました。
二〇一四年（平成二十六年）　七十一歳
五月　「いのちの籠」（戦争と平和を考える詩の会）二七号・六月二十五日刊から編集を担当することになった。同号から「小選挙区制に反対する詩人の会」（後に「聞く・考える詩人の会」と改称・代表　伊藤信吉）についての連載を始める。

十二月　第一〇詩集『マー君が負けた日』（土曜美術社出版販売）を上梓する。

二〇一五年（平成二十七年）　七十二歳

一月七日「飛揚」六〇号記念特集「敗戦後七〇年の現実」（視点社）を編集発行する。

八月　日本現代詩人会理事の任期を終える。

現住所　〒115―0055
東京都北区赤羽西四―一六―五

新・日本現代詩文庫　127　葵生川玲《あおいかわれい》詩集

発　行　二〇一六年三月三十一日　初版

著　者　葵生川玲
装　幀　森本良成
発行者　高木祐子
発行所　土曜美術社出版販売
〒162-0813　東京都新宿区東五軒町三―一〇
電　話　〇三―五二二九―〇七三〇
FAX　〇三―五二二九―〇七三二
振　替　〇〇一六〇―九―七五六九〇九
印刷・製本　モリモト印刷
ISBN978-4-8120-2292-4　C0192

新・日本現代詩文庫

土曜美術社出版販売

109 郷原宏詩集 解説 荒川洋治
110 永井ますみ詩集 解説 有馬敲・石橋美紀
111 阿部堅磐詩集 解説 里中智沙・中村不二夫
112 新編石原武詩集 解説 秋谷豊・中村不二夫
113 長島三芳詩集 解説 平林敏彦・禿慶子
114 柏木恵美子詩集 解説 高山利三郎・比留間一成
115 近江正人詩集 解説 高橋英司・万里小路譲
116 名古きよえ詩集 解説 中原道夫・中村不二夫
117 新編石川逸子詩集 解説 小松弘愛・佐川亜紀
118 佐藤真里子詩集 解説 小笠原茂介
119 河井洋詩集 解説 古賀博文・永井ますみ
120 戸井みちお詩集 解説 高田太郎・野澤俊雄
121 金堀則夫詩集 解説 小野十三郎・倉橋健一
122 三好豊一郎詩集 解説 宮崎真素美・原田道子
123 古屋久昭詩集 解説 北畑光男・中村不二夫
124 佐藤正子詩集 解説 篠原憲二・佐藤夕子
125 川端進詩集 解説 中上哲夫・北川朱実
126 桜井滋人詩集 解説 竹川弘太郎・桜井道子
127 葵生川玲詩集 解説 みもとけいこ・北村真
128 今泉協子詩集 解説 油本達夫・柴田千晶
129 柳内やすこ詩集 解説 伊藤桂一・以倉紘平

〈以下続刊〉

中山直子詩集 解説〈未定〉
柳生じゅん子詩集 解説〈未定〉
瀬野とし詩集 解説〈未定〉
鈴木豊志夫詩集 解説〈未定〉
沢聖子詩集 解説〈未定〉
住吉千代美詩集 解説〈未定〉
柳田光紀詩集 解説〈未定〉

1 中原道夫詩集
2 坂本明子詩集
3 高橋英司詩集
4 前原正治詩集
5 三田洋詩集
6 本多寿詩集
7 小島禄琅詩集
8 新編菊田守詩集
9 出海溪也詩集
10 柴崎聰詩集
11 相馬大詩集
12 桜井哲夫詩集
13 新編島田陽子詩集
14 新編真壁仁詩集
15 南邦和詩集
16 星雅彦詩集
17 井之川巨詩集
18 新々木島始詩集
19 小川アンナ詩集
20 新編井口克己詩集
21 新編滝口雅子詩集
22 谷 敬詩集
23 福井久子詩集
24 森ちふく詩集
25 しま・ようこ詩集
26 腰原哲朗詩集
27 金光洋一郎詩集
28 松田幸雄詩集
29 谷口謙詩集
30 和田文雄詩集
31 新編高田敏子詩集
32 皆木信昭詩集
33 千葉龍詩集
34 新編佐久間隆史詩集
35 長津功三良詩集
36 鈴木亨詩集
37 埋田昇二詩集
38 川村慶子詩集
39 新編大井康暢詩集
40 米田栄作詩集
41 池田瑛子詩集
42 遠藤恒吉詩集
43 五喜田正巳詩集
44 森常治詩集
45 和田英子詩集
46 伊勢田史郎詩集
47 鈴木満詩集
48 曽根ヨシ詩集
49 成田敦詩集
50 ワシオ・トシヒコ詩集
51 高田太郎詩集
52 大塚欽一詩集
53 香川紘子詩集
54 井元霧彦詩集
55 高橋次夫詩集
56 上手宰詩集
57 網谷厚子詩集
58 門田照子詩集
59 水野ひかる詩集
60 丸本明子詩集
61 村永美和子詩集
62 藤坂信子詩集
63 門林岩雄詩集
64 新編原民喜詩集
65 新編濱口國雄詩集
66 日塔聰詩集
67 武田弘子詩集
68 大石規子詩集
69 吉川仁詩集
70 尾世川正明詩集
71 岡隆夫詩集
72 野仲美弥子詩集
73 葛西洌詩集
74 只松千恵子詩集
75 鈴木哲雄詩集
76 桜井さざえ詩集
77 森野満之詩集
78 坂本つや子詩集
79 川原よしひさ詩集
80 前田新詩集
81 石黒忠詩集
82 壺阪輝代詩集
83 若山紀子詩集
84 香山雅代詩集
85 古田豊治詩集
86 福原恒雄詩集
87 黛元男詩集
88 山下静男詩集
89 赤松徳治詩集
90 梶原禮之詩集
91 前川幸雄詩集
92 なべくらますみ詩集
93 津金充詩集
94 中村泰三詩集
95 和田攻詩集
96 藤井雅人詩集
97 馬場晴世詩集
98 鈴木孝詩集
99 久宗睦子詩集
100 水野るり子詩集
101 岡三沙子詩集
102 星野元一詩集
103 清水茂詩集
104 山本美代子詩集
105 武西良和詩集
106 竹川弘太郎詩集
107 酒井力詩集
108 一色真理詩集

◆定価(本体1400円+税)